中国历代通俗演义故事·农闲读本

七剑十三侠

原著　唐芸洲
编著　泽　安娜
插图　李

吉林出版集团股份有限公司

图书在版编目（CIP）数据

七剑十三侠／泽安改编. —长春：吉林出版集团股份
有限公司，2008. 11（2023.8 重印）

（中国历代通俗演义故事：农闲读本）

ISBN 978-7-80762-947-4

Ⅰ.七… Ⅱ.泽… Ⅲ.章回小说—中国—清代—缩
写本 Ⅳ.I242.4

中国版本图书馆 CIP 数据核字（2008）第 165864 号

| 书 名 | 七剑十三侠 |
| QUIAN SHISAN XIA |
出版策划	崔文辉
责任编辑	刘 洋
出 版	吉林出版集团股份有限公司
	（长春市福址大路 5788 号，邮政编码：130118）
发 行	吉林出版集团译文图书经营有限公司
	（http://shop34896900.taobao.com）
制 作	猫头鹰工作室
电 话	总编办 0431-81629909 营销部 0431-81629880
印 刷	三河市金兆印刷装订有限公司
开 本	889×1194 毫米 1/32
印 张	6.5
字 数	104 千字
版 次	2008 年 11 月第 1 版
印 次	2023 年 8 月第 2 次印刷
标准书号	ISBN 978-7-80762-947-4
定 价	38.00 元

（如有印装质量问题请与出版社调换。联系电话：18533602666）

前　言

　　晚清小说家唐芸洲所写的《七剑十三侠》(又名《七子十三生》)是晚清侠义小说的代表作品,小说在初刊后便得到了读者的好评,并对近现代的武侠小说产生了重要的影响。小说描述了明朝正德(1506－1521)年间,徐鸣皋、徐庆、罗季芳、一枝梅、狄洪道、王能、李武、杨小舫、包行恭、周湘帆、徐寿、伍天熊等十二位英雄劫富济贫、行侠仗义、投身疆场、平叛逆贼的故事。该书可分三个部分,第一部分为众英雄在姑苏城、金山寺、飞龙岭、赵王庄等地行侠仗义,为民除害的故事;第二部分为众英雄随御史杨一清平定甘肃安化王叛乱;第三部分为众英雄随御史王守仁剿灭江西、福建等地山贼及平定江西宁王叛乱。

　　《七剑十三侠》在故事选材上具有一定的历史真实性,主要故事在历史上多半有迹可寻,其中英雄人物是否为真人真事已经无从考证,但众英雄的侠义之心却令人十分敬佩。小说中“七子十三生”是一群心怀侠义的剑客,他们虽然忘情山水,却也忧国忧民,每当众英雄身处危急之中,众剑客便会突然出现,解危济困。小说在描写徐鸣皋、徐庆等英雄与安化王、宁王、郏天庆、雷遇春等反面人物的较量中,凸显了众人忠肝义胆、义薄云天、一心维护社稷安定的英雄本色。书中

1

对宁王谋反所持的是否定的态度,读者可以根据故事情节的深入逐步地了解宁王的人物特性,对于他的失败多少会有些成王败寇的感觉。正德皇帝在书中出现的次数虽然不多,却是一个值得思考的人物。故事情节的发展都围绕着天下正义展开,各藩王打着义旗网罗英豪,攻城略地,试图建立新的王朝,而众英雄挺身而出,一心维护正德天子这个正统,谁正谁邪,谁对谁错,值得思辨。

《七剑十三侠》是以众英雄的行迹为顺序来编排故事的。在此次改编过程中,本书对原著中许多脍炙人口的故事予以了保留,对其中一些繁杂的人物对话及场景描写进行了删减,并对一些情节进行了进一步深化描写,全书基本保持了原著的风格。

感谢吉林出版集团股份有限公司给我这样的机会,让我参与到这项让人快乐的工作中来,同样也希望看到此书的朋友给予理解和支持,对于文中的不足予以斧正,不胜感谢。

编　者

目录

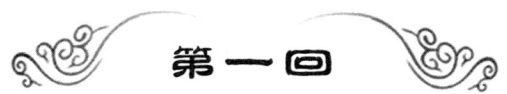

第一回
海鸥子传艺徐鸣皋
鹤阳楼英雄显身手

自古天下和，贤臣聚；天下乱，英豪出。话说大明正德（1506—1521）年间，天下祸事连连，朝中贤能之士殚精竭虑，网罗英豪，一心维护正统。各路英雄见朝中宦官弄权，各地藩王作乱，便英雄聚义，惩奸除恶，匡正社稷。这些英雄为人豪侠仗义，武功精妙，或能御剑飞行，或能隐身潜行，或能飞箭穿柳，或能设阵伏敌，各具其能，不能一一表述。

话说扬州富人徐鸣皋，从小就爱舞枪弄棒，为人豪侠仗义，专门结交各路英雄。江湖各色人物，听说他仗义疏财，都前来投奔。这些人平日里和鸣皋喝酒闲聊，研习枪棒拳脚功夫，却也逍遥自在。其中有个道人，姓黎，道号海鸥子，能御剑飞行，人剑合一。他见鸣皋心存仁义，为人忠信，就收他为徒，把一身武艺传授给他，鸣皋本来就会些拳脚功夫，又加上聪明好学，没过几个月，就小有所成。

一天，海鸥子说道："鸣皋，你的拳脚功夫练得不错了，飞行道术还要勤加苦练才是。我明天就要寻访道友去了。"鸣皋听说师父要走，便说道："师父要走，徒弟自然留不住，只是以后就不能每天侍奉在师父左右了。"海鸥子说道："不要难过，以后你我还会见面的。小童徐寿服侍我好些日子了，我想带他一起走，也好教他些本事。"鸣皋说道："这是他的造化。"说罢，叫人取来几套衣服，一大包银子，一起打成一个包裹，叫徐寿背着，又亲自送到长亭外。

自从师父海鸥子走后，徐鸣皋就日日苦练，飞行道术渐渐精熟，也能飞檐走壁，踏水过河了。

冬去春回，光阴似箭，不觉又是一年。暮春时节，鸣皋闲来无事，便约罗季芳、江梦笔两位兄弟到扬州城中鹤阳楼喝酒。酒保见鸣皋三人进来，便上前说道："徐大爷，楼上请。"鸣皋三人上楼，靠窗边捡了个位子坐下，叫下酒食。过了一会，酒菜上来，兄弟三人边吃边聊，不觉就有几分醉意。忽然楼下传来一阵嘈杂声，又有一女子大喊救命。罗季芳听着便大怒道："什么鸟事情，让爷喝不清静。"说罢，抛下酒杯，飞身下楼去了。鸣皋推开窗户往下看，只见街面上停着一顶小轿，边上挤满了人，十分吵闹，就对梦笔说道："这呆子鲁莽，怕要招惹是非，你先坐着，我下去看看。"说着也下楼去了。

却说扬州城南门外有个李家庄，庄中有两恶少，一个叫李文忠，一个叫李文孝。文忠刀法精湛，略有谋略，是个两面三刀的人物。文孝力大如牛，性暴如火，使得一手好枪棒。平日里这两人横行乡里，奸淫妇女，无恶不作，只是他父亲很有钱，每次有事都能花些银两疏通过去。

李家有个门客叫花省三，面目狡猾，为人乖张，专做溜须拍马之事。一天，文孝说道："老三，这么大个扬州，怎么就没漂亮姑娘？"省三说道："听说张妈那里新来了两个苏州雏儿，一个叫白菜心,一个叫赛西施,要不要去见识一下?"文孝说道:"去看看。"说罢,两人骑上马,往城中去了。没过多久,两人来到宜春院,张妈见他二人进来,便满脸堆笑地说道:"大爷今个好兴致,来我这里乐乐。"省三说道:"我家大爷想看看你家新来的两位姑娘。"张妈笑道:"爷真个好眼光。"说罢,便叫丫头去请两位姑娘过来,又请二人在厅上坐下喝茶。过了好久,那丫头回来说道:"山东客人拉着,不让过来。"张妈见她没把两位姑娘请来,便骂道:"真个没用,让你叫个人也不会。二位公子请再等等,我亲自叫去。"张妈说着就去了。文孝早就不满了,只是为了姑娘,才不发火,只在那里喝茶,一句话也不说。张妈去了很久,也不回来。文孝一个火头上来,便恶狠狠地骂道:"臭婊子,居然看不起老爷我。"说罢,飞劈一脚,把那八仙桌踢得稀巴烂,省三见如此,也到处打砸起来。

却说那山东客伍天豹,原是九龙山的强盗。他山寨中还有两个弟兄,老大徐庆,老三伍天熊,平日里兄弟们做些过路商客、官府的买卖,对附近乡民却是秋毫不犯。伍天豹听说扬州繁华,就带了一个小头目过来游玩。两人来到扬州,找到宜春院这个好地方,见了赛西施、白菜心就着迷起来,一连住了半个多月,花去了几百两银子。这天,伍天豹正和两位美人嬉戏作乐,突然听说要叫两位美人出去陪客,他哪里会肯?任凭张妈甜言蜜语,再三恳求,也毫无用处。正在此时,外面传来噼里啪啦的打砸声,又有丫鬟跑来说道:"不好了!李大爷把厅堂给砸了。"伍天豹早就不高兴了,听她这么一说,勃然大怒道:"打他个贼娘养的。"说罢,飞身跳起,直往外冲去。李文孝正砸在兴头上，忽见一个大汉从里边冲出来，知道是那山东客，便抓起一把椅子劈头砸过去。伍天豹侧身闪过，顺手抓起一只紫檀桌脚，甩了过来，也没打中。二人你来我往，斗了十多个回合，伍天豹就落了下风，渐渐地有些抵挡不住了。同去的小头目上去帮他，可惜本事太差，两个打文孝一个，也打不过。文孝从腰间抽出一条钢鞭，朝伍天豹狠命地抽打起来，直把伍天豹打得满身是血。二人见打不过他，就没命地逃了出去。

二人逃去，李文孝也不追赶，只回到厅内又砸起东西来。张妈见他不肯罢休，便慌了手脚，忙拉着赛西施、白菜心一起跪在地上哀求，李文孝这才停了手。张妈见他停手，便吩咐丫鬟快摆上酒菜来，又让赛西施、白菜心在边上陪着，百般奉承。当晚，酒席散了，把赛西施给李文孝，白菜心给花省三，陪宿过夜，便不多说。

一夜过后，天大亮，文孝起身，用过早点，便同花省三来到城隍庙游玩。有一个女子从庙中出来，千娇百媚，婀娜动人，直把文孝的魂给勾了去。花省三看他发呆，便说道："二爷，这个美妇不错吧？"文孝转过头来说道："好个美人，要是能和她睡上一夜，就是死了也行，不知是谁家娘子？"省三说道："她叫巧云，住在庙后小弄堂里。她相公叫方国才。"文孝说道："老三，你给出个主意，让我和她睡上一夜，我赏你二十两银子。"省三说道："这个容易，包在我身上就是了。"二人说罢，回庄去了。

回到庄上，文孝问道："老三，有办法了吗？"省三说道：

"我写张假借条，就说他欠你二百两银子，明天早上带十几个家丁，抬上一顶小轿，直接到方国才家，向他要银子。如果他没有银子，就把巧云抓来。这方国才是个穷秀才，只要在王太守那里多用些银子，叫太守老爷判他五十两银子，让他再娶一个就好了。"文孝笑道："真是个好办法！"

次日一早，天朗气清，微风拂面。文孝和省三叫上四个武师、十几个家丁，抬上一顶小轿，来到国才家门口，国才见花省三带着一大帮人来，就问道："花兄，好久没见，有事吗？"省三道："方老弟，也没什么大事，就是你去年借我家李公子的银子还没还，今天我们特地过来讨银子。"国才说道："花兄，你记错了吧？小弟从来没有向李公子借过银子。"文孝大声喝道："胡说！你没借银子，这二百两借条哪里来的？上面还有花老三这个中间人签的字，你想抵赖不成？"说罢，便将借条丢给花省三，说道："老三，我只向你要银子。"国才说道："没关系，我们到衙门见老爷去，老爷自有公道。你伪造借条，诬赖良民，这还了得！"说着便往外走，文孝见他要走，便上前一把拉住他，从门口拖了回来。巧云见丈夫被人扭打，慌忙出来。省三见了，便对四个武师使了个眼色，那马、白、徐、曹四个武师一齐上前，把巧云抓了，放在轿中，众家丁抬起轿子就走。文孝见轿子走了，便将国才一把推倒在地，大声骂道："你赖我银子，我先把你妻子抓了做抵押，你拿二百两银子来赎人吧。"说罢，跨上马，追着轿子去了。

方国才跌倒在地，气得脸色发白，从地上爬起来，一路追上去叫喊着："青天白日，强抢秀才妻子，连王法都没有了！"

巧云被他们困在轿中，不知如何是好，一路哭哭啼啼，来到鹤阳楼下，听丈夫从后面追喊上来，就拼命地向轿门外冲了出来，一头撞在地上，顿时血流不止。众家丁见状，慌忙上前拉她，巧云大喊："救命！"死也不肯起来。方国才追了上来，见妻子这般光景，便上前紧紧抱住，痛哭起来。

　　这里是闹市，不一会儿就站满了看热闹的人，季芳听有人喊救命，早就下楼去了，鸣皋怕他惹事，也跟了下来。只见国才夫妇坐在地上，抱作一团，众武师用力拉扯，这分明是强抢人家妻子。徐鸣皋走上前去，把众武师拉开，问道："你们是什么人？"那马忠认识鸣皋，知道他不好惹，就向众人使了个眼色，都把手放开了。马忠小声说道："徐大爷有所不知，这方秀才欠我家主人二百两银子，想抵赖不还，所以把他妻子带去做抵押，实在不关我们的事。"鸣皋说道："既是欠你家主人银子，就要好好通过官府追缴，怎么能强抢人家妻子做抵押呢？"方国才知道徐鸣皋是个救困扶危的英雄，便上前大喊冤枉，又一五一十地说了经过。鸣皋听了大怒道："我说是谁，原来是李文孝这王八羔子在这里作恶！"李文孝见一桩美事被他搅黄了，心中很不高兴，又听他骂自己是王八，直气得从马背上跳下来，大声喝道："狗屁东西！我讨银子，关你什么鸟事？"说罢，挥起拳头，就朝鸣皋脸上打来。鸣皋用左手一挡，觉着有八百来斤力道。罗季芳见打斗起来，便冲上前去和马、白、徐、曹四个武师乱打起来。街上闲人见打了起来，便四处躲避开去，方国才也趁乱拉着妻子跑了出去，回到家中，收拾了衣物，出城投亲去了。

徐鸣皋学艺初成，见人来打，便使出五花八门的招式来，直打得李文孝只有招架的份。罗季芳与马、白、徐、曹对打了十几个回合，便觉不敌。鸣皋看他打不过，便飞身过去，朝马忠胸口飞起一腿，直把马忠踢出一丈多远，顿时喷血不止。白胜见状，大吃了一惊，罗季芳趁势一拳打在他脸上，直打得他鼻青嘴肿，眼冒金星。罗季芳占了上风，便大叫道："都快过来，让大爷我给你两拳尝尝。"徐、曹两人见势不妙，拔腿就跑。花省三见情况不妙，跳上马，逃回家报信去了。文孝和鸣皋打了三十多个回合，就有些招架不住了，后来见季芳又上前帮忙，更是阵脚大乱。鸣皋见他慌乱，捡了个破绽，飞起一脚，直把他踢出一丈多远去。罗季芳见文孝倒在地上，便猛扑上去，挥起铁拳一阵猛打，直打得他满头是血，哀声求饶。两人见他服软，便放了他，再上楼去，接着喝起酒来。

李府家丁得知鸣皋走了，就聚拢来，把文孝放在小轿里抬了回去。李廷梁见儿子被打得遍体是伤，口吐鲜血，直把鸣皋恨得咬牙切齿。文忠拿来伤药，给文孝敷上，见兄弟满身是伤，气愤不过，就想着给兄弟报仇。只是鸣皋武艺高强，又有钱财，一时也不好报仇。李府师爷徐定标见如此，便说道："我有个朋友，复姓慕容，名贞，人称一枝梅，本领高强，能日行千里，他要是肯帮忙，取徐鸣皋的脑袋就如囊中取物一般。"文忠听了大喜，说道："既然如此，那就有劳师爷，快请了他来，我自有重谢。"定标说道："只是此人居无定所，恐怕一时找不到他。"文忠说道："没关系，只要能把他请来就好。"次日一早，徐定标便寻访一枝梅去了。

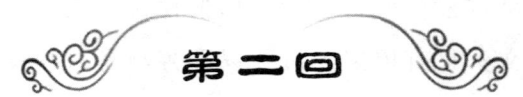

第二回

徐庆寻弟英雄结义
贼头陀李府强逞能

伍天豹在宜春院争妓，身受重伤。他和小头目一路逃来，吐血不止，晕倒在郊外松树林里。恰好有辆马车路过，小头目便拦了下来，到了市镇上，又雇了一只船，回到九龙山来。伍天豹回到山寨，不过两天就一命呜呼了。徐庆、天熊两头领痛哭了一场，把他葬了，又请来和尚、道士做了七天法事。

丧事过后，伍天熊便要下山为哥哥报仇。徐庆说道："天熊，我听说那小霸王李文孝武功高强，奸邪狡诈，我先去看看，想个万全之策，再去报仇。"天熊听徐庆如此说，就觉得不耐烦起来，说道："那等到什么时候？"说罢，跨上白马往山下去了。徐庆知道天熊行事鲁莽，怕他吃亏，便把寨中事务交于宋头目代管，自带着单刀，下了九龙山，朝扬州一路追去，哪知全无音信。

徐庆一路找到扬州，来到宜春院，张妈见徐庆来，得知是伍天豹的弟兄，便把李文孝强抢方国才妻子，被徐鸣皋路见不平，打成重伤等事情一一说了。徐庆听说如此，便在一客栈先住了下来，又四处打探天熊的消息，过了好几天，也无音信。夜里，天气闷热，睡不着觉，徐庆便到院子里纳凉，突见屋顶上一道黑影掠过，便飞身上房去看，却不见踪影，知道有高人在对面院里落脚。

次日清晨，凉风习习，徐庆起了个大早，来到对面院中。此时那人也已起来，正在园中闲走。见徐庆前来，便问道："仁兄有什么事？"徐庆上前行礼，说道："昨晚见兄长来去如风，今天特来一睹兄长风采。"那人还礼，笑道："一点皮毛功夫，不值一提。"二人都是高手，一见便知对方身手了得，于是闲聊起来，谈及武艺，便觉相见恨晚，当下就结为兄弟。既是兄弟，徐庆便把占山为王、扬州寻弟等事一一说给那人听。那人见他坦诚，便轻声说道："不瞒你说，我就是神偷一枝梅。"徐庆听罢大喜，说道："我早就听说过哥哥大名了，只是无缘相见，今天你我在此结义，真是三生有幸啊。"一枝梅说道："你我情意相投，今天在此结义也是上天注定。"徐庆说道："这附近有个叫徐鸣皋的英雄，哥哥认识吗？"一枝梅说道："早就听说过他了，只是没机会见他。"徐庆说道："明天我们一起去见见他吧。"

次日一早，二人出东门，来到太平村徐府门前。守门人见两位公子前来，便进去通报。鸣皋亲自迎了出来，彼此通了姓名，却是英雄相惜，相见恨晚。徐鸣皋命人摆下酒宴，又请罗季芳、江梦笔来陪酒。欢呼畅饮，说话投机，五人便摆起香案，结为兄弟。酒席散去，鸣皋留一枝梅、徐庆二人住在庄上。此后，几位英雄每天切磋武艺，喝酒聊天，却也逍遥自在。只是徐庆一心挂念着天熊，又要为兄弟报仇，总想离开。

徐定标找一枝梅转眼也过了好几个月了，只是一无所获。一天清晨，徐定标在一座神庙前遇见一个头陀，见那头陀手拿戒刀，样貌奇异，便上前行礼说话。那头陀听说他要找人给主人家报仇，便大声叫道："什么鸟人？我去一刀结果了他就好。"说罢，又耍起戒刀卖弄一番，徐定标见他武功了得，便带回到李家庄，禀明文忠。文忠见那头陀武功了得，心中大喜，当即在大厅上设宴款待，又许以重金。酒过三巡，那头陀说道："我这就去一刀结果了他。"省三说道："师父可认识那个人？"和尚说道："我到他家里去，杀他一个不留，不就好了。"省三说道："那倒不必，你见有人脸色紫红，眉毛如剑，鼻子方正，中等身材，就是他了。"那头陀说道："知道了。"说罢，拿起酒杯一饮而尽，提起戒刀直往徐家庄去了。

话说徐鸣皋、徐庆、罗季芳三人，听说朝廷在姑苏玄都观内设擂台选拔英雄，就到苏州去了。家里事情就托江梦笔代管，一枝梅不想去，也留在家里。时近夏天，天气闷热，难以入睡，两人便在院中下棋消遣。两人正下得有趣，一枝梅突然轻声说道："有人进来了。"梦笔说道："我没听见，在哪里？"一枝梅说道："在假山那边，我去看看。"那头陀躲在假山后面，听得清楚，心中不觉害怕起来，转身要跑，却已太迟，被一枝梅一把抓住。那头陀被抓，只好招认。一枝梅笑道："你这恶人，留着你也没什么用。"说罢，一刀割下他的头来，又在尸身上撒了些药粉，那尸身不多时便化成一摊血水。一枝梅将头颅用布裹了，飞身上房，直往李家庄去。过了不久，来到李府，一枝梅见李文忠、省三等人正在喝酒，等那头陀回来，便把那血淋淋的头颅抛在酒桌上，大笑道："你们要的人头来了。"说罢，飞身离去。文忠见了头颅，大吃一惊，省三却说道："明天把这头颅送到知府衙门去，告他个杀人之罪。"

苏州知府王锦文为人贪婪，只要有银子，便不分黑白。次日一早，省三将状子和人头一起送到衙门里，私下又送了一千两银子给王知府。王知府得了银子便不问情由，命人前往徐府抓人。只是徐鸣皋等人前天就去了苏州，十几个差人找了半天也找不到人，地保徐汇上前说道："前天，我亲眼看着徐鸣皋等人坐船去苏州了。"差人没法，只好回去。那王锦文拿了银子，好不高兴，晚上就多喝了几杯，呼呼地睡着了。第二天一早起来，发现床前有一把飞刀，插着一张纸，只见上面写道：头陀是我杀的，你这赃官，要是再去陷害好人，我就取了你的狗头！柜子里的银子，我先借用一下。王锦文看罢，吓得脸色发白，慌忙打开柜子来看，银子少了一万多两。同时，那城中贫苦人家，一早起来，发现窗台上摆着十来两银子，无不欢天喜地，千恩万谢。

第二回
众英雄擂台显身手
狄洪道危难见侠义

话说徐鸣皋、徐庆、罗季芳三人来到苏州,到处游玩。一天,三人来到一道观游玩,见一相摊前挑着一幅白布招牌,上面写着"飞云子神相"几个大字。三人就走上前去,鸣皋说道:"道长有礼了。"飞云子说道:"公子请坐。"鸣皋坐下,伸出左手,说道:"有劳道长了。"飞云子细细地看了一会,说道:"公子少年富贵,豪气满怀,一生中虽有危难,却有贵人相助,凡事都能化险为夷,遇难成祥。你虽与道家有缘,只是不能用心修行,却终难有成,他日富贵在前,官运亨通。"鸣皋点点头,笑道:"我师父也这样说我。"飞云子问道:"尊师高姓大名?"鸣皋说道:"我师父姓藜,道号海鸥子。"飞云子笑道:"我道是谁,原来是我七弟。前年他说在江南收了一个徒弟,不想今天在此相会!"鸣皋连忙俯身拜道:"师伯,鸣皋有礼了。"飞云子还礼。故人相逢,自然高兴,四人便一起上"雅仙楼"喝酒去了。

四人在酒楼上喝酒闲谈,不久,有一道人和一书生上来,飞云子上前招呼道:"快些过来,见见七弟的贤徒徐鸣皋。"二人听了好不高兴,说道:"久慕大名,幸会!"飞云子便指着那道人说道："这位师伯，道号一尘子。"又指着那少年书生说道："这位师伯，道号默存子。"鸣皋——拜过，六人坐下，又加了些酒菜上来，吃喝一回，各自散去。

次日一早，鸣皋等三人来到玄都观中，见擂台高一丈有余，五六丈开阔，中间竖着一根旗杆，上挑黄旗，旗上写着"奉旨设擂台比武"七个大字。宁王摆下这个擂台，名为选拔英雄，实为收罗心腹，这台主严虎便是宁王心腹。

时近中午，天气闷热，严虎看台下人已不少，便在台上客套了一番。等了很久也不见有人上来打擂，就又自演了一套拳脚功夫，铁掌刚猛，十分了得，引得台下一片喝彩声。严虎武功虽高，人品却不好，平日里欺压良善，胡作非为。今天他做了台主，见台下人山人海，便耍起威风来。有几个人看不惯他那嚣张样，便上台交手，只是武功平常，没几下就被严虎打下台来。新科武举人金耀，见严虎目中无人，便跳上台去，和严虎交起手来。两人在台上你来我往，打了三十多个回合，金耀就有些抵挡不住了。严虎见他弱了下去，便挥起铁掌猛劈起来，金耀左右躲避，顿时乱了阵脚。严虎见他慌乱，便用两指向他劈面点去。金耀躲避不及，正中眼睛，一对眼珠被严虎挖了出来。金耀大叫一声，跌下台去，台下顿时乱作一团。此时有个老教头飞身上台，大声骂道："你个恶贼，朝廷设擂台比武，是为选拔英雄，你却伤人双眼。今天我也挖了你的眼睛，为我徒弟报仇！"说罢，上前打斗起来。方三爷本是高手，只因年岁太大，打到二十多个回合，便觉气力不支，落了下风。严虎身强力壮，越战越勇。方三爷一腿踢去，被严虎一把接住，往台下一抛，方三爷侧身跌落下台来，头撞在碑石上，顿时脑浆迸裂，一命呜呼。台下众人见状，齐喊道："台主杀人了！"

罗季芳见状，怒气冲天，飞身上台，大声喝道："严虎老贼，快来领死！"说罢，挥拳就打。严虎见他是个莽夫，来势凶猛，便左右躲避，不给他近身。季芳一连打了二三十拳，拳拳勇猛，却也无用，反弄得力气大减。严虎见他气势弱了下去，便挥掌猛拍，一招接着一招打来，直打得季芳只有招架之力。鸣皋、徐庆见他支撑不了多久，想上台帮他，却又不能。正在为难之时，只见罗季芳被严虎打下台来，跌个仰面朝天。徐庆大怒，正想上台，严虎却到后面休息去了。

罗季芳跌下台来，受了些轻伤，还好不严重。严虎休息了一会，走上台来，徐庆见他出来，飞身上台，说道："朝廷设立擂台，招揽英雄。你却口出狂言，挖人双眼，伤人性命，猪狗不如，我今天上台，特来取你狗命！"严虎听罢，勃然大怒道："老匹夫，你就来送死吧！"说罢，飞身上前就是一脚，徐庆见他踢来，侧身闪过，一腿飞扫过去，也没打着，二人你来我往，打到三十回合，徐庆渐觉气力不济，打到五十回合，被严虎一串鸳鸯腿踢下台来。

鸣皋见徐庆被踢了下来，勃然大怒，飞身上台，行了个礼，说道："台主请。"比画了个门户，却是丹鹤展翅。严虎便使了个猛虎下山。两人在台上打斗起来，严虎勇猛如虎，招招凶猛；鸣皋身轻如鹤，招招奇绝，连打了一百多个回合，也难分胜负。台下众人提心吊胆，直看得发呆。鸣皋穿着高底皂靴，又厚又宽，打斗久了，渐觉不便。严虎也看出端倪，便使了鸳鸯腿猛攻过来，鸣皋轻身跃起，使了个神猴摘桃，严虎侧身躲过，回手一掌直取鸣皋胸口。鸣皋见状，顺手一拉，严虎顿时失了平衡。鸣皋连忙飞踢一脚，直把他踢下台来。罗季芳见他掉下台来，冲上前去，大笑道："你个王八，也有今天。"说罢，用脚踏着严虎胸口，提起拳头一阵乱打，直打得他口吐鲜血，眼冒金花。鸣皋见他打得凶狠，慌忙跳下台来，上前拉住他，说道："不要再打了，打死了也麻烦！"罗季芳哪肯收手，又踢了几脚，才恨恨地说道："今天看在我兄弟的份上，先饶了你。"

宁王见严虎掉下台来，被打得半死，忙命官兵前去捉拿鸣皋等人。鸣皋、徐庆听说要抓他们，便大怒道："太不讲道理了，既然输不起，摆什么擂台。"说罢，挥拳劈掌猛打起来，那些围攻过来的官兵被打得抱头鼠窜。罗季芳见许多官兵冲过来，便也起劲地打斗起来，又把擂台柱子猛地一扯，偌大一个擂台顿时倒了下去，那看擂的人躲避不及，压死了十多个。鸣皋见闯了大祸，便高声叫道："罗大哥，快走！"罗季芳在那里打得起劲，哪里肯走。官军越聚越多，重重围了上来，不一会，兵马大元帅马天龙也带着飞虎军冲杀过来。鸣皋、徐庆见势不妙，也顾不得罗季芳了，二人连伤十几个官兵，飞身上房，施展轻功，逃出城去。罗季芳见鸣皋、徐庆上房要走，忙喊道："等等我！"说罢，便要离开，只是四周都是官兵，哪里还脱得了身？不几个回合，就被官军拿下，用绳索绑了，押在狱中。

擂台比武

　　鸣皋、徐庆二人逃出城,回到船中,让船家把灯笼都摘了,又吩咐船家道:"要是有人来查,就说是镇江来的,千万别说姓徐。"二人吃了晚饭,商量着如何救季芳,徐庆说道:"季芳落在他们手里,要不及时救出来,恐怕凶多吉少,那严虎肯定不会放过他。"鸣皋说道:"明天晚上我们就去把他救出来。"徐庆道:"你去劫牢,恐怕要连累了家里人,我就没事,回山寨就好了。"鸣皋说道:"为了兄弟,顾不得了。"二人商议已定,便各自睡觉。

　　次日二更,二人穿了夜行服,带上单刀,直往官军牢房去。牢房里犯人很多,找了很久,也没看到季芳。就在此时,前面过来一个狱卒。徐庆上前将刀架在他脖子上,轻声喝道:"叫一声,就杀了你!"那狱卒吓得浑身发抖,鸣皋问道:"昨天打擂时抓来的那个人关在哪里了?"狱卒说道:"大爷饶命,我这就带你去。"说罢,带着鸣皋、徐庆往前走去,转了五六个弯,来到一个小铁门前,打开进去,见季芳正凌空吊着,鸣皋叫道:"罗大哥!"季芳听是鸣皋的声音,便说道:"快放我下来,吊死我了。"徐庆上前割断绳索,将他放了下来,三人也不敢久留,飞身上房,趁着夜色回到船上去了。

　　管营官兵出来巡夜,发现牢门大开,犯人被劫,便慌忙去王府行宫报告。宁王听说大牢被劫,勃然大怒道:"大胆贼人,真是无法无天了。"说罢,让人叫来教头狄洪道,命他带五百御林军前去抓捕,又命知府衙门派人四处搜捕。

　　鸣皋三人回到船上,正要叫船家开船离开,却有一队官兵前来搜查。带队捕头郭玉是苏州有名的神捕,走上船来,见众人英武不凡，便不露声色，暗暗吩咐随从回去报信，自己就在船上胡乱查找起来，只等援兵到来。马天龙得了信，带着大军火速赶来。鸣皋见岸上人马沸腾，火光一片，便知中了缓兵之计。三人见势不妙，只好冲上岸去，厮杀起来。只见官兵越聚越多，把三人团团困住，三人虽然伤人无数，却也无法脱身。就在此时，狄洪道带着徒弟王能、李武也杀了过来，鸣皋见状，暗暗叫苦。狄洪道冲入阵中，便和鸣皋对打起来，两人你来我往，斗得难舍难分。狄洪道一招不慎，落了下风，就往外逃去，鸣皋见他逃走，便去追赶。官兵见他两人打斗得精彩，也不阻拦，让开一条路来，任由他们离开。两人追赶了一阵，来到树林中，狄洪道停下脚步，转身说道："妹夫，你还认得我吗？"鸣皋一怔，问道："你是谁？为什么这样叫我？"狄洪道说道："我就是你夫人的亲表哥狄洪道。"鸣皋早听夫人提起过，说有个表哥叫狄洪道，在官府中做事，只是一直没有见面，听他如此说，便说道："小弟多有冒犯，还望表哥见谅。"洪道说道："我知道是你，就故意把你引出来，好让你脱身。"鸣皋说道："我还有两个兄弟困在里面。"说罢，便要回去救人。洪道见他如此，便说道："我也不做什么狗屁官差了。"说罢，摘下官帽，扔在地上，跟着鸣皋一起赶了回去。徐庆和季芳正在官军的重重包围中，快有些招架不住了，见鸣皋杀了回来，便又狠命地杀了起来。王能、李武见师父杀入阵中，便上前问道："为什么帮敌人？"洪道说道："跟我反了就是了，先不要多问。"王能、李武见师父如此，便也乱杀起来，官兵本占了上风，如此一来，阵势大乱。六人同心协力，没多久就杀出一条血路,冲了出去。

一行六人连跑了十多里,见没官兵追来,就停了下来,鸣皋说道:"表哥,你今天反了朝廷,城里是回不去了,就和我们一起去镇江吧。"洪道点头说道:"今天反了,以后就和你们一起了。"徐庆一心想找天熊,便要回扬州去,鸣皋说道:"回去也好,那些人也不认识你,我是不能回去了。"说罢,分道扬镳,各自上路。

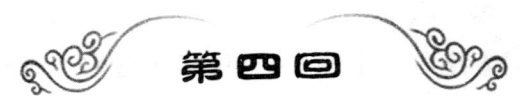

第四回

徐庆一箭为弟报仇
伍天熊客栈结英豪

　　徐庆回到徐家庄，见一枝梅已到别的地方去了，只有江梦笔在庄上料理家事，便觉无味。他在庄上停了几天，四处打探，也没天熊的消息，便动身回九龙山去了。出太平村，走了十多里，见前面树林里有十几个人在打猎，便飞身上树，躲藏起来。只见李文孝带着家丁，正在追赶一只梅花鹿，徐庆暗暗叫道："好！我正要找你，你却来送死！"说罢，搭箭拉弓，朝李文孝飞射一箭。只听嗖的一声，李文孝应声掉下马来。跟在边上的家丁见文孝落马，赶忙上前去扶，只见一支箭正插在文孝的咽喉上，便慌忙把他抬回庄里去。李文忠见兄弟被人射死，顿时落下泪来，一把抓住箭杆，用力拔出，见那血淋淋的白铁箭头上刻着个徐字，便悲声喊道："徐鸣皋，不将你碎尸万段，我誓不为人。"

　　话说伍天熊那夜下了九龙山，骑着白马一路飞奔，来到三岔路口，却不知该从哪条路走。天还没亮，也没地方问路，就想：走大路，肯定可以去扬州。主意已定，快马加鞭，一直走到中午，见路边有一酒肆，就下马进去，敲着桌子大叫道："快上好酒好菜来！"店小二见他长得凶悍，慌忙上前问道：

"爷要些什么菜，打多少酒？"天熊说道："你拣好的上来就是。酒先打二斤来。"小二应声下去。不一会，牛肉、白斩鸡、烧鸭等菜摆了一桌子，天熊便狼吞虎咽地吃了起来，又问道："店家，这里去扬州怎么走？"小二说道："从这里向南转东，经夏邑，穿过安徽地界，从洪泽河到扬州。只是近来夏邑县出了个夜叉，要白天结队才能过去。"天熊暗想：我怕什么夜叉，要是敢来，我正好收拾了它。天熊吃好，给了银子，就往南去了。走了半天，天色渐黑，见前面有一个破庙，就推门进去，想在这里过夜。进入庙内，只见地上到处散落着虎、狼、人骨，骷髅头也有十多个。天熊自言自语道："那小二说的果然不错。今天让我遇上了，定要除了它。"主意已定，便在庙里到处找起来，只是看不见那夜叉。天熊走了一天，有些累了，就靠着柱子坐下来休息，闭上眼去，不觉地就睡着了。突然外面传来一阵怪叫声，天熊被惊醒过来，知道是夜叉回来了，便手提铜锤躲在门后。那夜叉肩上扛着一只死鹿，见庙门关着，便怒吼一声，一头把门撞破。天熊见夜叉撞了进来，便抢起那四十多斤重的大铜锤，猛地向它头上砸去。那夜叉受了重击，晕倒在地。天熊怕它醒过来，就又重重地砸了十多锤，直把它那狰狞的大头打得稀烂。

　　天熊见夜叉死了，就安心在寺中睡了一夜。次日一大早，天熊起来，只觉得全身无力，手臂上也黑了一片，想是中了邪气，便出寺来，上马往前走了三十多里，见一村庄。村里人见有外人一早前来，都觉得奇怪，便上前问道："你是从破庙过来的吗？"天熊说道："昨晚我就睡在那里。"众人大惊，问道："那夜叉怎么没吃了你？"天熊说道："那怪物已被我一锤打死了。"大家不信，天熊便把那夜叉身长丈余，头大如斗，赤发獠牙，目如闪电，口似血盆的狰狞面貌向村里人说了，众人见他那铜锤四五十斤重，满是血迹，便说道："真是大英雄啊！"说罢，纷纷上前来拜，又准备了一桌丰盛的酒菜请他喝酒。天熊本是个喝酒好手，今天只喝了两杯便觉得头晕难受，突然两眼一黑，晕了过去。众人见他晕倒，慌忙将他扶上床去，又请来郎中给他医治。郎中见他面色青灰，毫无神气，便道："定是中了邪气，只要每天给他用药泡洗，过一两个月自然会好。"说罢，开了方子。天熊晕倒后就一直起不了床，每天都有人给他沐浴去邪气。过了一个多月，邪气便渐渐退去，又过几天，天熊就已大好，于是谢别村里人，骑马往扬州去了。

天熊走了几天，快到扬州了。一天黄昏，来到一客栈投宿，见一个年轻人，双眉如剑，英气勃发，便上前作揖，说道："仁兄高姓大名，哪里人？"那人连忙还礼，说道："小弟杨小舫，姑苏人。敢问尊兄高姓大名？"伍天熊也把姓名家世说了。杨小舫说道："原来是伍伯父的公子！我家先父杨锦春，和令尊是同朝好友。"既是世交，两人便一起喝酒闲聊，讲起武艺，很是投机，便拜为兄弟。过了不久，见一人进来，天熊上前叫道："大哥！"那人正是徐庆，三人就坐在一起饮酒闲谈，天熊听说大哥一箭射死了李文孝，给哥哥天豹报了仇，心中不免悲伤起来。

第五回

众英雄两困金山寺
一枝梅智救众弟兄

次日一早，三人告别，天熊自回九龙山去，徐庆和杨小舫就往镇江找徐鸣皋去了。徐鸣皋、狄洪道等英雄自从那天晚上劫狱后就来到镇江，在城外一客栈住了下来。黄昏，众兄弟在楼上喝酒，突然听见隔壁有人哭哭啼啼起来，罗季芳便拍着桌子大骂道："哪个王八羔子哭闹不停，让我们喝不痛快？"小二见他气大，慌忙上前赔着笑脸说道："大爷勿怪，这是隔壁林老汉夫妇在哭，他家女儿去金山寺上香时丢了，找了一个多月也没找到，现在连吃饭的钱都没有了。"徐鸣皋听罢，从身上取出十两银子放在桌上，说道："你去把林老丈叫来。"小二应声去叫。不多久，林老汉过来，得了银子，千恩万谢，又磕头说道："大爷，你救救我家兰英吧。"说着又哭了起来。鸣皋说道："金山寺是佛门清修之地，怎么会丢人呢？"店主张善仁见鸣皋是个外乡人，便对他说道："客官从外地来，我和你说说也无妨，这金山寺去年来了个和尚唤作非非僧，说是给宁王做替身的，自从他来了之后，这寺庙便成了练武场，寺中聚集了几千个和尚，天天操练，把寺庙搞得乌烟瘴气的。自从他来后，附近村子就时常有年轻貌美的女子失踪，村民上衙门去告,怎奈他有宁王撑腰,再怎么告也没用。"众弟兄听罢,个个义愤填膺。鸣皋说道:"老丈,你先回去,我会帮你把女儿找回来的。"

次日一早,众英雄来到金山寺。看门僧人见有人前来,便上前问道:"施主前来,可是上香礼佛?"鸣皋说道:"正是。"那僧人就带着众人来到观音殿前,众人进去,那僧人就回去了。鸣皋在殿内仔细查看了一番,并无机关暗道,暗想:这寺庙五千多间房子,真不知该到哪里去找才好。就在此时,那僧人回来,说道:"方丈请各位施主奉茶。"众英雄见方丈有请,就跟着他到方丈那里去了。非非僧见他们过来,便亲自上前迎接,又拜了一拜。众英雄坐定,有小僧人送上茶水,非非僧端起茶来,说道:"请。"众英雄便端起茶杯喝了,不多久,就觉得头重脚轻,两眼发黑,昏倒过去。众英雄一倒,便进来十多个和尚,把他们给绑了,又用铁囚笼关了起来。

这非非僧是宁王安插在这里的一个头目,平日里在此地收罗各路好手,秘密训练将士,以备以后造反时用。鸣皋等英雄大闹擂台,又劫了监狱,宁王便四处发放文书抓拿他们。非非僧见他们正是宁王通缉的人,便用迷药把他们迷倒,送给宁王,也算立了一件大功。

徐庆、杨小舫和天熊分手后,来到镇江,四处打探鸣皋的消息。徐庆说道:"明天我们到金山寺去看看,也许会遇到他们也说不定。"次日一早,二人来到山间凉亭,忽见山上下来十来个僧人,抬着四五具囚笼。徐庆暗想:奇怪,这寺庙里怎么会有这些东西?便对小舫说道:"我们过去看看。"二人走出凉亭，躲进林子里面。那些僧人抬着囚笼下山来，只见囚笼中关着鸣皋等人，徐庆轻声叫道："是鸣皋！"连忙取出弓箭，飞射一箭，领头僧人中箭倒地。杨小舫拔出单刀，飞奔过去，一连砍杀了五六个僧人。其余僧人慌忙丢下囚笼，逃命去了。徐庆劈开囚笼，把众人放了出来，说道："我们快走吧。"说罢，带着众英雄下山去了。

众英雄回到客栈，商议道："这金山寺还真是个贼窝，那兰英肯定在里面。我们先想个办法，明天晚上再去，杀他个片甲不留。"次日黄昏，众人吃过晚饭，便往金山寺去了，来到山脚，鸣皋说道："我和兄弟们杀进去，王能、李武就在后面接应，免得被他们一网打尽。"

天色黑暗，众人来到寺前，见一伏虎僧在门口值夜，徐庆拉起弓来飞射一箭，哪知那伏虎僧正转过身来，那箭正中钢刀，当的一声，挡了回来。伏虎僧见有人偷袭，便要喊叫起来，却又有一飞镖飞射过来，正中咽喉。众人见他已死，便飞身上房，左蹿右跳，来到方丈院内，见房中灯火通明，非非僧正坐在榻上闭目打坐。徐庆见状，飞身上前，一刀往他头上砍去，只听得哐当一声硬响，那刀被弹了回来。非非僧被砍一刀，纹丝不动，仍旧半闭着眼睛。罗季芳见状，扬起钢鞭，朝他头上狠命地打了过去，却像打在石头上一样，震得虎口隐隐作痛。此时，禅房后面飞身出来十多个罗汉，两人一组，三人一处，和众英雄打斗起来。连打了三十多个回合，众罗汉就落了下风，带头的秃头僧被杨小舫一剑砍中，剁下一条手臂来。非非僧见众罗汉不能取胜，便大叫一声，舞起禅杖来,众英雄左右抵挡,十分费力。众英雄见打不过,便往院外退去,哪知各处屋顶上早有弓箭手埋伏在上面,见他们出来,箭矢便如雨一般飞射过来,众人连忙抵挡,见对面偏殿大门开着,便飞身躲了进去。说时迟,那时快,只听得一声巨响,那殿门上落下一道铁栅来,鸣皋大叫一声:"糟糕!"非非僧见众英雄被困,哈哈大笑起来。王能、李武听院内打斗声停了,又听见非非僧大笑不止,就知不妙,拔腿就跑。来到寺外,见一头陀守在路上,王能便上前和他打斗,不几个回合,便被擒住了。李武乘着那头陀和王能打斗,施展轻功,几起几落,来到山下松树林中,正想休息一会,突见一道青光闪过,腿上一软,跌倒在地。李武大骂道:"贼秃驴,要杀就杀。"那人却说道:"我不是和尚,你半夜三更跑什么?老实说来,要不然一刀砍了你。"李武抬起头来,见是个白面书生,便说道:"好汉,你杀了我不要紧,只是误了我的大事!"那人道:"什么大事?快讲来!"李武便把众英雄上山救人的事说了,不等他说完,那人就说道:"我就是一枝梅,你快带我去!"李武听说是一枝梅,长舒了口气,心想师父和各位英雄有救了。

二人施展轻功来到寺中,上了瓦房,找到方丈住处。一枝梅往下看去,只见徐庆被绑在柱子上,有几个僧人手握尖刀,正要动手。一枝梅大吃一惊,连忙从身上取出一根细竹管来,点上火,只见一缕青烟飘了进去。过了一会儿,那一大帮僧人便晕倒在地,非非僧武艺虽高,却也无法动弹。一枝梅见药已起效,便飞身下去,取出七八颗解药,塞在众英雄鼻子里。过了不久,众人苏醒过来,鸣皋说道:"先把非非僧杀了。"说罢，提刀要杀非非僧。就在此时，从外面闯进十多个僧人，手持钢刀猛砍过来，众英雄连忙上前迎战。只见刀光剑影，杀声震天，直杀到天亮，也没分胜负。一枝梅暗想：再拖下去，药力退了，等非非僧醒来就难脱身了。便对众英雄喊道："今天难分胜负，大家走吧。"众人应声上房，飞奔出寺，一路下山去了。

第六回

狄洪道为民除恶医
焦大鹏英雄结侠义

众英雄回到客栈,都无大碍。一枝梅说道:"非非僧是少林第一高手,我们恐怕杀不了他,要请一位师叔伯来才行。"鸣皋说道:"众师叔伯闲云野鹤,四处游历,也不知道在什么地方。"狄洪道说道:"我去请我师伯来就是了。"一枝梅问道:"你师伯是谁?"狄洪道说道:"云阳生是我师伯。"一枝梅说道:"你师伯要是肯来,杀非非僧自然容易。"次日,洪道带了王能去大石山请师伯去了。

师徒二人走了几天,来到河南鲁山县,路过一个村庄,天色已黑,就在村里一户人家住下。到了深夜,只听远远地传来哀哭声,时有时无,悲惨凄凉。次日一早,师徒二人向那声音传来的方向找去。走了两里多路,看到一所大宅子,有百来间房子,边上也没别的房子,仔细听去,里面好像有声音传出来。越墙进去,来到四五间茅草房前,推门入内,见十几个人被绑在那里,这些人有的少一胳臂,有的缺一条腿,有的被挖掉了双眼,有的腰间被剜去一块肉,十分悲惨。洪道暗想:这样活着,还不如杀了痛快。师徒二人停留了一会,就走了。

洪道回到村里,向主人家问道:"这里往东南两里,有一个大宅子,是什么人家?"主人家说道:"那是鲁山县首富皇甫良家,他是有名的神医,能治百病。就算你一只手没了,他也能给你装上,有人说他是到别的地方拐来年轻男女,用来配药,所以才这样灵验,只是没有证据。"洪道又问道:"那为什么不上官府告他?"主人家说道:"官府都被他收买了,怎么告得动他去?"二人又闲谈了一会,主人家就回去了。洪道说道:"这恶贼做这伤天害理的事情,今天让我碰到了,算他倒霉!"王能说道:"他做这种事情,肯定有防备,我们先打探清楚了再动手。"洪道说道:"晚上就去。"

入夜,师徒二人来到大宅前,飞身上房,仔细查看。只见这院落九进十一开间,中间单独一幢高屋,四面用高墙围着,东南西北,各有一出口,都有一个拳师和十多个家丁把守着。洪道暗想:这里面肯定有问题。洪道便叫王能在屋面上等着,自己飞身进去查看一番。过了好久,洪道也没出来。这时有个拳师出来小便,见有人影在地上,抬头一看,见有人伏在瓦上,便使出飞抓,一抓把王能拽了下来。

洪道进入里面,查看了很久,也没能查出什么来,便飞身出来,见不到王能,以为他出去了,便也出来了。又四处找了很久,还看不见人,知道他给抓了,没办法,只好回去再说。

次日晚上,洪道来到茅草房,问道:"昨天夜里我有一个徒弟被抓了进来,你们看到过吗?"那些人都说没有看到过,其中一人说道:"这恶贼抓了人来,不关在这里。先是藏在高墙里面,用好菜好饭养着,等有人要用药才动手。"洪道见众人悲惨,心如刀割,无奈自己人单势弱,无力解救。正在此时,门吱的一声响起,见一人飞身进来,洪道慌忙上前打斗,那人却说道:"壮士且慢,我也是找人来的。"原来这人叫焦大鹏,绰号草上飞,是剑客玄真子的徒弟,为人最爱打抱不平。前些天来这里探望姑母,哪知表弟失踪好久了,所以找到这里来。两人一见如故,大鹏说道:"我们这就动手,杀了这恶贼,也好为民除害。"

两人走出茅草房,也不怕被人看见,直接来到南门前。拳师见两人过来,大声叫道:"你们是什么人?"焦大鹏没等他把话说完,飞射一镖,就结果了他的性命,家丁见状,拔腿就跑。洪道见院门关着,便举起门口的大铜炉,猛地朝门上砸去,只听嘭的一声巨响,那门被砸得稀烂,两人杀了进去。皇甫良见他二人来势凶猛,转身便跑。洪道飞身上前,一把抓住他,怒喝道:"你这狼心狗肺的东西,还要逃到哪里去?"说罢,刀起头落。院里家眷见状,四处逃窜,两人一刀一个,不管大小,将全家三十多口杀得精光。

两人找到书房,发现一处暗门,打开进去,见王能和大鹏表弟都在,仔细询问,都说还好。边上有一年轻后生,说是兵部主事王守仁的侄子,名叫王介生,也一同救了出来。又到茅草房中,把那十来个人都放了。众人得救,拜倒在地,洪道说道:"大家回家去吧。"说罢,五人回村去了,刚走一里多路,身后突然传来一声巨响。回头看去,只见远处一片火光。狄洪道说道:"早闻大哥英武不凡,今日一见,果然名不虚传,我想和大哥义结金兰,不知大哥可看得起小弟?"焦大鹏说道:"我也正有此意。"说罢,两人就地结拜,就不多说。

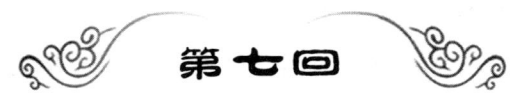

第七回
众英雄大破金山寺
红衣娘救人舍性命

狄洪道和王能翻山越岭，来到大石山下，见云阳生正在炼丹，便走上前去，俯身拜过，又把金山寺里的情况说了。洪道说道："洪道特请师伯下山相助，救一方百姓。"云阳生说道："解救百姓倒是正理，只是我正在炼丹，不方便下山。"洪道又再三恳求，云阳生方才答应，吩咐徒弟包行恭看好丹炉，便要下山去。此时陕西女侠红衣娘正好来访，听说云阳生要下山去助众英雄，便也要一起去。云阳生见她一腔热血，便带着她一同下山去了。

狄洪道、云阳生、王能、红衣娘四人来到镇江，和鸣皋等英雄聚在一起，云阳生说道："金山寺内高手众多，要是直接攻打进去，恐怕要陷入重围。"鸣皋说道："我们要是能把非非僧给解决了，其他人就好说了。"云阳生说道："我们先派人潜伏进去，到时候里应外合，一齐动手，定能成功。"一枝梅说道："里面机关重重，我先进去破了机关。"云阳生说道："多加小心。"红衣娘说道："我假装香客，到寺里上香，打探女子下落。"云阳生说道："也好，明天我们一早上山，你们二人先进去打探，我们随后就到，大家午时三刻动手。"大家商量好后，分头准备,便不细说。

次日一早,众英雄来到金山寺脚下,一枝梅、红衣娘先去打探,云阳生和其他人在山下喝酒等候。红衣娘来到寺门口,便有僧人上前引路,带她来到观音阁。红衣娘在观音像前跪下,拜了起来,那僧人见她在拜,便出门去了,就在此时,只听嘎吱一声,那蒲团下的木板突然掉了下去,红衣娘也不管它,随那蒲团一起掉了下去。来到暗室,四面漆黑,用手四处摸着,触到机关,用力按去,一道石门开了出来,出石门转过几个弯,来到一大厅前,上面写着"温柔乡"三字。四五个美貌女子正在嬉戏,见红衣娘进来,一齐叫道:"今天又来了一个美娘子!"红衣娘上前问道:"这里可有一个姓林的女子?"众美娘说道:"是有一个,前些天想自杀,幸好救了起来,现在关在别的地方。"

众英雄在山下喝酒等候,云阳生说道:"过会动手,非非僧由我来对付,其他和尚就有劳各位了。"时近午时,众人杀上山去,达摩院首座至刚和尚见众人杀了进来,便领着一大帮武僧抵挡起来,寺中顿时杀声一片。红衣娘在地宫内听见外面已经动手,便说道:"我们的人已经杀进来了,你们随我逃出去吧。"说罢,提起钢刀向里面走去,下了七级台阶,来到第一殿,那守殿和尚是个七十多岁的老僧,面目可憎,见红衣娘进来,便举起一个五六十斤的大铜锤砸了过来,红衣娘也不敢上前接他,只是飞身一跃,避了过去,那老僧见她只是躲避,便越发凶狠起来,招招不让。红衣娘暗想:这老秃驴力气虽大,可人却笨拙。想罢,便从腰间取出飞镖,飞射过去,正中咽喉。红衣娘过了第一殿，后面一大群美娘紧跟了过来。红衣娘来到甬道前，正想触动机关，打开石门，其中一美娘慌忙说道："别动，危险。"说罢，在隐蔽处用手轻轻一按，对面的石门开了出来。红衣娘便提刀进去，下了七个台阶来到第二殿，那守殿僧人见有人开启石门，正提着双刀来斗，红衣娘也不和他纠缠，一个飞镖过去，就结果了他的性命。红衣娘继续往前走，来到第三殿，这是藏经殿，守在这里的僧人人高马大。红衣娘见他来斗，便一飞镖打了过去，哪知那人体型虽大，可躲避起来却很灵活，那飞镖偏去一分，"铛"的一声打在石壁上。一镖没中，那僧人抡起大斧猛砍过来，红衣娘用刀一挡，只觉有千斤力道。两人你来我往，斗了二十多个回合也难分胜负，那些躲在后面的美娘看得心惊肉跳。红衣娘见一时没法取胜，就故意装作打不过，左右躲避起来，那僧人见她弱了下去，就使了杀招，猛杀起来，红衣娘见他凶狠，小心躲避，不多久，那僧人就露出了破绽来，说时迟，那时快，又是一镖过去，这回那僧人没有那样幸运，飞镖直插入他的右眼。那僧人中了一镖，大叫一声，忙用手去捂右眼，红衣娘飞身上前，一刀砍去，直把那手臂给砍了下来。那僧人被砍掉一条手臂后，便触动机关，打开石门，逃了出去。红衣娘追了上去，一刀把他砍杀在甬道上。红衣娘过了甬道，触动机关，开了石门，见两僧人一胖一瘦，坐在那里，便飞射一镖，正中瘦僧人的后脑门。胖僧人见兄弟被人暗算，飞身起来大声喝道："大胆贼人，竟敢暗算我师弟。"说罢，提起大刀冲杀过来，红衣娘慌忙迎战，斗了十来个回合，红衣娘就觉不敌。那胖僧见她势弱,挥起大刀猛砍起来,直把红衣娘逼到墙角里去,红衣娘暗想:今天怕要死在这里了。就在这万分危急之时,红衣娘的袖口里射出数十枚金针来,直把那恶僧的脸打得蜂窝一样。红衣娘见他已死,便叫众美娘上前,说道:"恶僧已死,大家逃命去吧。"说罢,触动机关,打开大门,见鸣皋等英雄正在院里厮杀,红衣娘便快步上前,要去助战,哪知一脚踩在门槛上,冷不防三支暗箭从上射来,红衣娘飞身躲避,却也来不及了,一支暗箭直插入胸口,顿时倒在地上。徐鸣皋见红衣娘中了暗箭倒在地上,便放下对手,飞身上前,一把将她抱了起来,可人已死了。

一枝梅见此,便狠命地杀了起来,不多久,便杀死几个高手,众僧人见他杀得凶狠,却也不怕,仍旧死命地围攻上来。就在此时,非非僧从禅房里飞身出来,大声喝道:"休要猖狂,让我来送你们上路吧。"说罢,舞起禅杖,猛杀过来。就在此时,一道白光飞射过来,那禅杖在半空中落了下来。众僧人见非非僧已死,顿时大乱。狄洪道见众僧惊骇,便挥刀猛砍,直把一贼僧的脑袋劈成两半。徐鸣皋更是了得,一招便杀死了两个贼僧。众僧见势不妙,夺路就逃。众英雄哪里肯放过这群恶贼,见他们四处逃窜,便奋力追杀起来,直杀到黄昏时分,整个金山寺被杀得一片血红。

众美娘见贼僧都已杀死,便上前拜谢,鸣皋说道:"你们中间有叫林兰英的吗?"林兰英上前答道:"小女子就是。"说罢,又磕起头来。徐鸣皋说道:"你和大家先下山去吧,你父母还在家里等着你呢!"众女子再谢,下山去了。此时众英雄聚在一起,云阳生也过来了,手中托着红衣娘的尸体,大家悲伤不已,鸣皋说道:"都是我不好,不该让她去冒这个险。"云阳生说道:"人虽已死,却也英雄,这是她的命数,不必自责。"说罢,抱着红衣娘下山去了。金山寺已破,贼僧多半杀死,众英雄把寺中财物取了,又四处点火,金山寺顿时火光冲天。

众英雄回到店中,喝酒庆贺一番。一枝梅要去北京访友,便拜别众英雄,说道:"小弟先行一步,他日再会。"众英雄送了一程,就到安徽去了。

火烧金山寺

第八回

徐鸣皋大战飞龙岭
山中子御剑救英雄

话说众英雄来到安徽太平城一客栈住下，夜间大家饮酒。哪知这店家是宁王安插在这里的耳目，见众人喝酒，便不露声色，暗到府衙去报信，太平县知县得信后，便命人快马传信到各营地，不多久便集结了两三百人马，到了三更时分，官军把客栈团团围住。此时众英雄都已睡去，鸣皋突然听见外面有大队人马过来，便大声叫道："不好，有官兵来了。"推开窗来，只见外面兵马黑压压的一片，把街道四处都堵了个严实，各处房顶也都有弓箭手埋伏着，洪道说道："官兵太多了，我们各自冲杀出去，或可脱险。"主意已定，众英雄大叫一声，冲了出去。那官兵虽多，却也抵挡不住众英雄，一阵左突右击，便冲出了重围，只有罗季芳和王能未能逃脱，被擒了去。

徐鸣皋逃了出来，不见众人，就沿路向前走去。到了天明，来到石埭镇，见一酒肆，便进去叫了酒食吃喝起来，待到吃完要结账时才发现突围时把包裹给丢了。店小二见他没钱结账，便说道："你也敢来这里吃白食。"鸣皋说道："我这把钢刀，先压在这里，等我取了银子再来赎回。"店小二说道：

"我要钢刀有什么用?"就在此时,有一人走上前来,叫道:"恩公!"鸣皋回头看去,却是方国才。店小二见老板过来,就不说话了,国才说道:"还呆着做什么,快去准备上好酒菜来。"夫人巧云听说恩公来了,便上前拜见。

这石埭镇三面环山,一面临河,风光秀美。傍晚无事,国才就带着鸣皋四处游玩,走了一会,见前面有一酒楼,十分气派,鸣皋便问道:"这里偏僻,怎么有这么大的酒楼?"国才说道:"这酒楼是山中强人开的,专为打探消息和贼人喝酒所用,平时也做些买卖,价格还算公道。"鸣皋说道:"进去看看。"说罢,两人进去,小二见他二人进来,便上前说道:"客官楼上请。"二人上楼,正要找个位置坐下,却见李武被人绑着,站在墙边,鸣皋便对国才说道:"你先回去,我有事情要做。"国才见恩公如此说,也不多问,就下楼去了。鸣皋等国才去了,便走上前去,一刀把李武绑手的绳子给割了。那边上大汉见鸣皋来救,提刀就砍了过来,鸣皋侧身闪过,挥手一刀,便把那大汉的脑袋给砍了下来。就在此时,又有十多个喽啰手持钢刀冲杀出来,鸣皋提起桌子猛抛过去,顿时砸伤四五个,那没被砸到的拔腿就往楼下跑去。鸣皋问道:"你怎么会在这里?"李武说道:"昨夜跑了出来,我找不到大家,就又走了几里地,见没人追来,就在树下休息,不觉睡着了,醒来时双手已被这贼人给捆绑了。这贼人是飞龙岭上的二大王,也是宁王的爪牙。"

却说飞龙岭上有一贼窝,内有四个头领,老大飞天虎马天宝,老二斑斓虎马天寿,老三张大力,老四白额虎卜英。这四人,各有绝技,平日里打家劫舍,杀人越货,无恶不作,暗地里又和宁王勾结,操练兵马,图谋不轨。这天,三个头领正在厅里喝酒,突然有人来报说:"二大王在店中被人杀了。"三人听罢,从座位上跳了起来,大叫道:"哪个不想活的,如此大胆?"说罢,带上一千人马,朝酒楼飞奔过去。徐鸣皋见贼人已死,正要离开,突然听见远处传来人马声,便往窗外看去,只见大队人马从远处杀了过来,不多时就来到楼下。张大力手提一把六七十斤重的钢刀,飞身上楼,鸣皋见他上来,便快步冲上前去,猛砍一刀,那张大力还没出手,那大刀就连着手从楼梯上滚落了下去。楼下的喽啰兵见状,大叫道:"三大王被砍了。"一大帮喽啰都挤在楼梯口,就是不敢向上冲。马天宝听说张大力被砍,便大吼道:"大胆贼人,伤我兄弟,看我把你碎尸万段。"说着飞身上楼,一根钢枪直取鸣皋胸口,鸣皋见他来势凶猛,便侧身一躲,用刀一挡,只觉得千斤力道,心想:今天遇到强敌了。两人打斗起来,连打了四十多个回合,马天宝便渐渐乱了阵脚,鸣皋见他慌乱起来,便用力猛打。马天宝见打不过,便往外跑去,说时迟,那时快,只见鸣皋手中飞射出一个白色的东西,直打得天宝脑浆迸裂。李武见天宝被鸣皋用一锭五两银子给打死了,便喊道:"贼人,看招。"说罢,一刀向卜英砍去。卜英腿脚虽短,轻功却是了得,只一飞身,便逃到楼下去了。鸣皋见状,提起大刀飞掷过去,正中背心。那店中掌柜见状,慌忙引着一大群喽啰往山中逃去,鸣皋见状,大声喊道:"老贼,你休想逃走。"说罢,跨上马,追了上去。

那掌柜逃到寨前，大声喊道："快快开门，放我进去。"看门的喽啰见掌柜叫门，便打开大门，放他进来，就在此时，鸣皋快马赶到，挥手一刀，把掌柜的脑袋砍了下来。那几个看门喽啰见状，都吓呆了，也忘了关上门去，鸣皋飞马冲进山寨，大声喊道："你家大王已死，想要活命的快快投降。"众喽啰听罢，顿时乱作一团，也有几个不怕死的，跑上前来打斗，鸣皋哪里放在眼里，只一刀便把那带头的给砍了。众喽啰见鸣皋凶悍，便停了下来，把兵器丢在地上，俯身拜道："愿听新大王号令。"鸣皋来到聚义堂坐下，众头目一一上前来拜，鸣皋说道："今天我杀了你家大王，乃是替天行道。"众喽啰齐声喊道："大王神武。"鸣皋说道："你家大王已死，大家分了寨中财物，各自回家去吧。"众喽啰听说分钱，自然高兴，便齐声喊道："愿听新大王安排。"鸣皋便命寨中小头目将财物分给众喽啰。众喽啰得了银子，欢天喜地地下山去了。鸣皋见喽啰已走，便对留下来的十几个小头目说道："快去各处点火。"众人领命去了，过不多久，整个山寨成了一片火海，直把山谷都给映红了。鸣皋见山寨已毁，就和李武往江西去了。

话说罗季芳、王能在太平城被擒后，宁王便命人将他二人押往江西来。一天，押送船行在鄱阳湖上，天气炎热，罗季芳便大声喊道："我要喝水，快给我水喝。"官兵见湖面空旷，四处无人，便任由他呼喊，只是不给他喝水。一官兵见他吵闹，便拿了一个碗过来，说道："你要喝水容易，先把老子的尿喝了。"罗季芳听罢，双目怒视，大叫道："去你娘的！"说罢，用力挣扎起来，直把那囚笼给弄得咯咯作响。那官兵见季芳发怒，便冲上前去猛踢两脚，又朝着季芳撒起尿来，众官兵见状，都哈哈大笑起来。就在此时，不远处驶来一叶扁舟，众官兵见有小舟过来，也不在意，只是喊道："快点走开。"就在此时，只见一道白光闪过，两个囚笼顿时四分五裂。罗季芳见囚笼已破，便飞身出来，大吼道："爷爷今天要大开杀戒了。"那船上官兵见他出来，顿时吓得屁滚尿流。就在此时，那小舟上的人说道："休得乱杀生灵。"罗季芳、王能便停了下来，飞身落到小舟上，俯身拜道："多谢救命之恩，敢问恩公尊姓大名？"那人笑道："贫道山中子便是。"说罢，化作一道白光飞射而去。

话说杨小舫自从那夜和大家分散后，一路来到江西。不巧身上盘缠丢了，便来到古董店中卖雌雄宝剑，店家见他手中宝剑不错，便说道："你这宝剑虽好，只卖一把，我不要。"杨小舫说道："我要留一把防身。"店家说道："我这里普通刀剑一两银子一把的多得去了。"说罢，又取过宝剑细细看了一回，问道："卖多少银子？"小舫说道："这宝剑少说也值一百两银子，你给我八十两就好。"店家说道："我就出二十两，多一文也不要。"小舫面有难色，却也无奈。此时边上一人说道："为什么要卖掉宝剑？"小舫说道："路上丢了盘缠，也没办法。"那人说道："我见你也是个英雄，这宝剑定是家传宝物，却也卖它不得。我送你十两银子，聊表心意。"小舫说道："这怎么好意思？"那人却说道："英雄也有困难的时候，公子不必推辞。"小舫见他如此说，便说道："多谢了，不知公子尊姓大名？"那人说道："小弟周湘帆，公子如何称呼？"小舫见他豪气满怀,也是个英雄,便说道:"小弟杨小舫,和徐鸣皋是金兰结义的弟兄。"湘帆听说是徐鸣皋的兄弟,推开椅子,跪下便拜,小舫慌忙还礼,说道:"千万不要声张,怕会连累了你。"湘帆说道:"没关系,我想和你结为兄弟,不知意下如何?"小舫说道:"我也正有此意。"说罢,二人便出得店来,在附近一处酒店叫人摆上香烛,拜过。又叫店家摆上酒菜,两人饮酒谈心,便不多述。

第九回

包行恭怒杀沈三郎
众英豪聚义英雄馆

话说云阳生扶着红衣娘的灵柩回到长安，安葬好后便回到山中。徒弟包行恭见师父回来，上前拜过，说道："丹药已经炼得差不多了。"云阳生说道："如今天下祸乱不断，你就下山去和鸣皋等英雄一起做些侠义之事吧。"包行恭说道："弟子武功平常，怕不中用。"云阳生笑道："没事。"说罢，从丹炉中取出一颗红色丹药，让他服下。包行恭服下丹药后便觉身轻如燕，气力大增。云阳生说道："你下山后，千万不要贪恋女色，事事小心，多做侠义之事。"包行恭俯身拜谢，自回到房中收拾了衣物，就往山下去了。包行恭这次下山帮助众英雄惩奸除恶，也不知道众英雄在什么地方，心想：既然是师父安排，以后肯定可以遇见的。接着，他突然想起结义哥哥孙寄安已经好多年没见了，就先去襄阳见他。

包行恭一连走了十多天，来到襄阳，找到寄安家中。兄弟二人相见自然高兴，喝酒聊天，说了许多事情，寄安说道："我也想去江南，不如我们一起去，只是我还得去一趟四川，不过一个月工夫。你先在我家里住下，也好帮我照看着。"行恭说道："小弟听哥哥的。"过了两天，寄安吩咐妻子苏氏好生款待叔叔，就去四川了。苏月莪见包行恭生得眉清目秀，气宇不凡，便暗生爱意，每次吃饭都眉目传情，言语挑逗。包行恭是个道士，不近女色，见她这样行事，就觉着很不自在，暗想：这女子怎么这样淫荡。苏氏见行恭装傻充愣，试了几回，便气馁了。于是打扮得花枝招展，每天在门口招蜂引蝶起来。

　　一天，城中恶少沈三路过月莪家门前，见月莪有几分姿色，就向隔壁王妈打听道："那是谁家娘子，怎生得这样标致？"王妈见他有意，便说道："公子看上那娘子了？"沈三说道："王妈可有法子成全了小弟？"王妈笑道："只要你有银子，没有办不了的事情，前些天她丈夫去四川贩药材了。"沈三不等她把话说完，就拿出一锭十两的银子放在桌上说道："拜托了，日后自有重谢。"王妈得了银子，喜笑颜开，却忘记了《水浒传》中那个王婆是怎么死的，也做起这腌臜勾当来。那苏氏天生淫荡，自然经不起诱惑，起先王妈用淫言秽语挑逗她，说那沈三床上功夫如何了得，苏氏丈夫出去好多天了，本来就熬不住了，听她这样说来，便想入非非起来，只等着那沈三来找她。王妈见她满脸绯红，便说道："这个年月哪个女子不偷汉，娘子何苦煎熬自己？"苏氏低垂着头，还是不说话，王妈又说道："今天晚上我就让他过来，成全了你们，你说好不好？"苏氏也不答话，只是撕咬着手中那块小丝帕。

　　天黑入夜，月出楼台，沈三收到王妈的信，兴冲冲地来了。王妈说道："就看你的了，先等她来。"二人等了一个多时辰，月莪也没来，王妈说道："我去看看。"说罢，推门出去，只见月娥正提着灯笼过来，王妈连忙把她请进屋里来。沈三等了很久，见月娥进来，便要上前搂抱。王妈见状，轻声骂道："公子不得无礼。"沈三放开月娥，说道："全听妈妈安排。"王妈就把苏氏带到内房，过了一会儿，出来说道："公子如何谢我？"沈三便从身上取出三十两银子抛在桌上，笑道："多谢了。"说罢，猴急似地跑了进去。没过多久，里面就传出嬉笑声来，王妈也不管他们，自回到房中看她那四十两银子去了。

沈三自从勾搭上苏氏后就夜夜风流，苏氏得了沈三后也是每晚如意。不觉过了两个多月，包行恭见寄安还没回来，便有些担心起来。一天夜里，包行恭觉着无聊，便出去喝酒，半夜才回来。路过王妈家门前，听有嬉闹声从里面传出来，仔细听去却是月娥的声音，便飞身上屋，移开瓦片，见月娥正和一男子赤身裸体地在床上翻滚。行恭见此情景，顿时怒火上涌，便要下去结果了这对狗男女。就在此时，街上过来一队巡夜的官兵，行恭只得飞身离开，回到自己院中，心想：幸好没有动手，否则连累了哥哥。过了一会，行恭飞身再上屋顶，只等着那对狗男女出来。到了四更天，只听王妈家大门吱的一声开了，出来两人，那男的往西去了，行恭便远远地跟在后面。过不久，来到一片小树林里，行恭飞身上前，把钢刀架在沈三的脖子上，沈三见状，吓得屁滚尿流，慌忙说道："侠士要银子吗？我这里有一百两，都给你了。"行恭说道："我不要银子，只要你的狗命。"说罢，一刀把他的头割了下来。

行恭杀了沈三，再回到孙家，想那苏氏淫荡，便觉无趣，于是给寄安写了一封信，次日一早就往江南去了。王妈和苏氏听说城西林子里有一具无头尸，就疑心起来，又听说官府传沈三家人去认尸，不免大吃一惊，提心吊胆起来。一连几天，王妈都是闭门不出，苏氏也是足不出户。

包行恭离开襄阳，走了一个多月，来到江西兴安县界内，见前面有一集镇，热闹非常，包行恭便问道："这是什么地方？"车夫说道："张家堡。这里有一百来家瓷器作坊，人称小景德镇。"行恭说道："先找个酒家，休息一会。"车夫说道："好耶，前面有家英雄馆，最好了。"说罢，便赶车过去。车走了百来步，在英雄馆前停了下来，行恭下车，小二迎上前来，带他上楼坐下。行恭叫了几个小菜、一壶酒，喝了起来。酒是好酒，菜蔬也做得可口，只是一人喝酒总觉无味，也不知众英雄在哪里，下山已经好几个月了，一直没有遇到他们。就在此时，有两人上楼来，似曾相识，其中一人见了他便上前叫道："贤弟你怎么在这里？"行恭细看，原来是狄洪道，另一个是罗季芳。过了一会，王能也来了。众英雄聚在一起，自然高兴，又加了些酒菜，开怀畅饮起来，行恭问道："其他兄弟在哪里？"狄洪道说道："自从太平县那夜失散后就再也没有见到过他们，我也不知鸣皋、小舫、李武他们在哪里。"罗季芳说道："他们肯定到江西来了，我们到南昌等就是了。"众人都说有理。此时小二送酒来，狄洪道便问道："小二哥，这店为什么叫英雄馆？"小二说道："我家主人爱结交天下英雄，院内有一只大鼎，要是有人能举起来，便是英雄，吃住自然全免，还要送他一百两纹银。"罗季芳听罢，迫不及待地问道："鼎在哪里？快带我去看。"说罢，跟了小二下楼去了。众英雄见他如此焦急，便放下手中酒杯，也下了楼来，只见那院中放着一只大铜鼎，足有一千多斤。罗季芳说道："王能，你先拿盖子试试。"王能便上前去拿盖子，哪知那盖子重得很，使出浑身力气来，也拿不动它。洪道说道："这盖子少说也有五六百斤重，和这鼎一起足有一千二三百斤。"罗季芳说道："乖乖，这么重怎么举得起来？"王能说道："包师叔，你来试试看。"包行恭在鼎边走了一圈，说道："怕举不起来。"狄洪道说道："没关系，你先试试。"包行恭上前，双手一托，大喝一声："起！"只见那大鼎缓缓地被举了起来。众人见状，大声喝彩。那店主人也出来，说道："不知各位英雄到此，有失远迎，失敬失敬。"狄洪道一眼看去，见是焦大鹏，便笑道："焦大哥，是我们！"众英雄见是焦大鹏过来，便上前行礼，焦大鹏说道："千万不要多礼，大家喝酒说话就好。"说罢，命人摆上酒菜，大家又大喝了一回。黄昏，大鹏带众英雄到家里，夫人孙大娘上来见过各位英雄。夜间大家喝酒猜拳，切磋武艺，好不快活。众英雄一连住了十多天，洪道说道："我们还要到南昌找鸣皋兄弟去。"大鹏也不强留，又设宴为众英雄饯行。

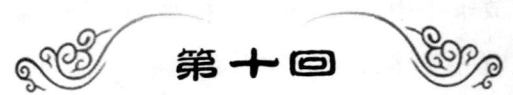

第十回
众英雄聚会南昌府
徐鸣皋身陷蟒蛇精

众英雄雇了两辆马车,走了几天,来到南昌,见街上人来人往,非常热闹,洪道便问道:"这里为什么这样热闹?"店主人说道:"今天四月十四,祖师诞辰。三教九流都会来凑热闹。"罗季芳说道:"我们也去看热闹吧。"洪道说道:"也好,只去看看,千万不要招惹是非,这里不比别的地方,要多加小心才是。"说罢,众英雄出了酒楼,来到街上。王能见一人走过来,忙上前拉住他,却是李武。洪道见李武便问道:"你怎么到这里来了?"李武便把路上遇到的事细细说了。众英雄一路走来,见前面有一酒楼,便进去喝酒。来到楼上,洪道见一枝梅、徐庆、杨小舫都在,便走上前去,说道:"找了好久,没想到你们在这里。"一枝梅见大家过来,便笑道:"我也找了你们很久了。"说罢,大家一同入席。周湘帆便吩咐小二哥添上杯碗,加些菜蔬来。洪道等不认识湘帆、小舫,一枝梅便介绍一番。这次又多了两位英雄,大家自然高兴,只是鸣皋不在,不觉让人想他。一枝梅说道:"明天我就去安义山找他。"洪道说道:"让李武一起去吧。"一枝梅说道:"我一个人去就可以了。"众英雄饮酒闲谈,便不多述。

话说徐鸣皋火烧飞龙岭后，就和李武往江西走来，过鄱阳湖，来到安义山中。这里草木繁茂、风景秀美，两人就沿溪游玩起来，突然一阵阴风吹来，直把两人吹昏了过去。不知过了多久，鸣皋醒了过来，见李武不在，就四处找了起来，也不见人。鸣皋以为他回去了，便也找路回去。走了一会，来到一院落前，鸣皋上前敲门借宿，那守门老妇说道："我先去告知主人一声。"不多久，老妇出来，带鸣皋进去，来到内堂，见一小妇人生得千娇百媚。那小妇人见鸣皋进来，便迎上前来轻声说道："公子哪里来的，有什么事情吗？"鸣皋说道："我从扬州来，想借宿一晚。"那小妇人说道："我这里都是女眷，本来不方便，公子风流倜傥，住上几天也没关系。"说罢，命人送来酒食，鸣皋和那小妇人吃了一会酒，便觉得头晕起来，迷失了本性。那小妇人拉着鸣皋进入内室，淫荡一回。原来这妇人并非人，而是千年蟒蛇精，专吸男人精气，见鸣皋自己送上门来，哪里肯放过他，一连住了十多天，弄得鸣皋没有一点力气。那妇人每天都要来找鸣皋行事，每次事后鸣皋就全身无力。鸣皋渐渐怀疑起来，想要逃出去，只是没有一点力气，心想：这回我恐怕要死在这里了。正在鸣皋快要绝望的时候，一黑影飞身进来，说道："快趴到我背上来。"鸣皋见有人来救，便趴了上去，只觉一路飞行，来到一山洞中。那人把鸣皋放下说道："大爷，还认得我吗？"鸣皋睁眼看去，却是徐寿，又见不远处玄真子正在打坐，鸣皋便起身上前拜见，玄真子说道："那千年蟒蛇精，专吸男人精气，今天你中毒不浅，要不及时救治，恐怕性命不保。"话还没说完，鸣皋跪下连拜道：

"求师伯救我一命。"玄真子便从葫芦里倒出三颗丹药,让鸣皋服下。鸣皋服下丹药,没过多久,就觉得腹痛难挡,又吐出一大堆黑血来,休息了一会,就觉精神好了很多,又上前拜谢一回。玄真子对徐寿说道:"你主人服了丹药,身体还很虚弱,你就和他一起吧。"玄真子说罢,告别二人,到武夷山访友去了。

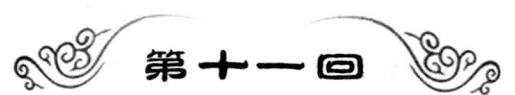

第十一回
十二英雄周府结义
徐鸣皋为弟强出头

　　徐寿叫了一辆车，拉着鸣皋一路走来，没几天就到了南昌地界。鸣皋见道路两边风景秀丽，便让车夫停车，下来休息。突见不远处有一只兔子狂奔过来，又有一老鹰在上头盘旋，徐寿拾起一颗石子，飞射过去，只听那老鹰悲鸣一声，掉了下来。徐寿见老鹰掉落在地上，便上前去捡，就在此时，树林里跑出三四个人来，带头的少年怒喝道："大胆贼人，为什么打死我的猎鹰？"徐寿说道："死都死了，你还想怎样？"那人还没等徐寿说完，便一鞭打了过来，徐寿见状，飞身上前一把将他揪下马来，按倒在地，挥拳猛打。鸣皋慌忙上前拉开，说道："你打死人家的猎鹰，本来就不对。"那少年中了几拳，鼻子出血，眼角乌青，从地上爬了起来，满脸怒气地叫道："你给我等着，有种你别走。"说罢，跨上马，飞奔而去。过不多久，过来两个大汉，喝道："哪来的东西？竟敢在我的地盘上撒野。"说罢，上前和鸣皋、徐寿打斗起来。鸣皋大病初愈，气力不足，斗了三十多个回合，也难分胜负。鸣皋见打不过，便对徐寿说道："快走吧，再打下去也没什么好处。"就在此时，远处又有几人飞马过来，一齐喊道："快快停手，都是自家兄弟。"鸣皋一看，却是罗季芳、徐庆、狄洪道等英雄。刚才和徐寿交手的就是周湘帆，和鸣皋交手的就是包行恭，那少年是周湘帆的堂弟周莲卿。众英雄相聚一起，回到庄上，摆上酒宴，开怀畅饮。狄洪道见众英雄集聚一堂，便说道："今天兄弟都在，我们何不在此义结金兰？"众人听他如此说，无不称好。周湘帆便叫人摆上香案，点上烛台，众人一齐跪下，说道："皇天在上，后土在下，今天我罗季芳、一枝梅、徐庆、徐鸣皋、杨小舫、狄洪道、包行恭、周湘帆、王能、李武、徐寿，结为异姓兄弟，有难同当，有福同享，永不背弃。"礼毕，徐庆说道："我兄弟伍天熊虽然不在这里，可他也是一等一的英雄，把他也排进去如何？"众人都说很好，论年龄他在李武后徐寿前。就此十二位英雄义结金兰。

众英雄在庄里住下，每天喝酒猜拳，比画武功，却也逍遥自在。转眼过了半个多月，一天，众人正在喝酒，突见家丁抬着周莲卿回来，只见他全身是伤。湘帆问道："是谁打的？"家丁说道："二爷到韦妈妈家见云娘，黄三保也要找她，二爷来得早，不肯让给他，他就出手打了二爷。"众英雄见莲卿伤得很重，便要为兄弟出头，罗季芳满脸怒气地叫道："我们一起去，扁死那个鸟人。"鸣皋说道："他就一个人，我们都去会让人笑话的。"洪道问道："黄三保是什么人，出手这么凶狠，怎么一点也不把周兄弟放在眼里？"湘帆说道："黄三保原来是个马快，就住在我隔壁，以前他家很穷，我还经常接济些钱粮给他，后来他投靠宁王，做了督头，便有些目中无人起来。近来又靠上宁王的禁军总教头铁昂，就更加嚣张起来，一点也不顾旧情了。"说着,又看了看莲卿,只见他全身是血,脸肿得睁不开眼来,便高声喊道:"我不报此仇,有何颜面见人。"鸣皋见他愤恨无比,便说道:"八弟,我们这就去报仇。"说罢,拉着湘帆往外走去。罗季芳见状,也要跟去,被小舫拉了回来。

韦妈妈见鸣皋和湘帆进来,也不敢说话,只是用手往楼上指了指。二人上楼,黄三保正和云娘亲热,见湘帆进来,便若无其事地说道:"你是来报仇的吧?"说罢,也不起身。湘帆见状大怒,飞身上前,一招铁掌开山直取他胸口,三保见状,往后一退,避了开去。鸣皋说道:"八弟,让我来收拾他。"说罢,一拳打了过去,那三保不知底细,只用手去挡,哪知鸣皋神拳无敌,直把他打飞出去。三保跌倒在地,鸣皋走上前去,一脚踏在他脑袋上,说道:"大爷今天也让你尝尝挨打的滋味。"说罢,挥拳猛打,直打得他面目全非,满身是血。湘帆见三保被打得不成样子,便对鸣皋说道:"先饶了他的狗命吧。"鸣皋收手,三保爬了起来,跌跌撞撞地跑下楼去,回过头来恨恨地喊道:"明天我就来报仇,有种的你给我等着。"二人见他跑了,便回家去,湘帆说道:"明天他要是来报仇,该怎么应对才好?他有一师父叫铁昂,力大无比,很难对付。那铁昂的师父邺天庆是宁王府第一勇士,更难对付。"鸣皋说道:"明天先看他叫谁来,要是只有铁昂来,我一个人就能对付了。"徐庆说道:"明天先派人打探,看他如何,如果是厉害人物,大家就一起去。"

黄三保被打后,跑到铁昂府上,说一群窑工把自己给打了,又说约了明日前去报仇。铁昂是个粗人,听他一说便信以为真,说道:"明天我和你一起去看是什么鸟人,居然敢欺负到我头上来了。"次日一早,众英雄在离韦妈妈家不远处一酒楼上喝酒,又派人出去打探。不多久,打探的人回来报道:"只来了两个人。"罗季芳说道:"徐庆兄弟,我们先杀进去,也省得老二动手。"徐庆说道:"先和四弟商量一下再去。"罗季芳说道:"还商量什么,打他个贼娘娘的。"说罢,跑了出去,众人见他一个人去了,放心不下也跟了去。罗季芳进入院中,破口大骂,铁昂见他上来,一把将他抓住,扔了出来。王能见状,冲上前去,铁昂飞起一脚,把他踢出窗外。众英雄见他二人败下阵来,包行恭、徐寿、李武、徐庆、小舫便一起冲了上去,和铁昂打斗起来。铁昂武功虽高,却也难敌众人,没几个回合下来,就中了好几拳。铁昂知道上当,暗暗叫苦:说什么只是窑工,却都是一等一的高手。三保见铁昂抵挡不住,抽身就跑。鸣皋见状,一把揪住他,按在地上,又是一顿拳脚。铁昂见打不过,抽身要跑,鸣皋早就守在门口,哪里肯放他出去。两人你来我往打斗起来,不几招铁昂便落了下风,鸣皋一招黑虎掏心,一个鹰爪把他打倒在地上。众英雄见状,飞身上前,乱打一回,直把他打得半死。众人见他趴在地上一动不动,便回酒楼继续喝酒。铁昂和三保见众人走了,便爬了起来,一瘸一拐地回去,各自吃药疗伤。

迎春阁

财源茂盛达三江

虞美人草春青黄

侠君子花朝白午红暮紫

生意兴隆通四海

大战铁昂

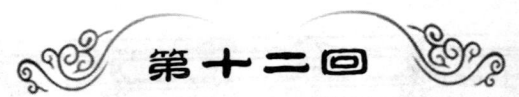

第十二回
徐鸣皋一探宁王府
赵王庄英雄伸援手

　　次日,铁昂和黄三保来到郏天庆跟前诉苦,说昨天被一群窑工给打了,请天庆给他二人报仇。郏天庆见他二人满身是伤,狼狈不堪,便骂道:"窝囊废,一个禁军教头打不过一群窑工,还有脸来见我。"二人自找没趣,只好回去。三保说道:"我们请军师帮忙,或许他有办法对付那群恶贼。"铁昂点了点头,便叫三保备下厚礼,送了进去。李自然问道:"都是些什么人,也伤得了你们?"二人便把事情一一说了。李自然大笑道:"真是踏破铁鞋无觅处,得来全不费工夫。"说罢,就叫他二人先回去,说已有办法对付了。李自然还不等他二人说完,就知是徐鸣皋、狄洪道等人,于是连夜上报宁王,宁王听说众人都藏在周府,便命郏天庆带上两千人马前去缉拿。

　　却说李自然府上有个管事的,名叫郑元龙,周湘帆曾有恩于他,他听说军师要带兵前去周府抓人,便飞马过来,告诉周湘帆。众英雄听说宁王要来抓人,顿时不知所措,罗季芳说道:"管他娘的,现在就杀到宁王府去,杀他个精光才好。"鸣皋说道:"还没到时候,我们先到别的地方避避吧,免得连累周兄弟。"湘帆说道:"十里外有个马家村,庄上大户金标是我兄弟，你们就先到他那里躲几天吧。"鸣皋说道："这样也好。"入夜，众人离开周府，直往马家村去了。杨小舫、包行恭、徐寿三人无案底，就先留在府中。

李自然、邺天庆纠集了两千多人马来到李府，一千人马把守住庄外各处要道，一千人马把周府里外三层团团围住，李自然上前说道："我今天奉王爷之命，前来缉拿要犯。"湘帆说道："我府内都是庄上人，没有什么要犯。"李自然说道："今天我来，不是为报仇，要是搜不到人，我就带兵回去，要是搜出人来，那就不客气了。你还是先把人交出来，也好让王爷从轻发落。"说罢，便命人四处搜查起来。过了一会，各队人马出来报道："没有搜到贼人。"就在此时，那金山寺里逃出来的至刚和尚见杨小舫在里面，就对李自然说道："这人就是火烧金山寺的贼人。"众英雄见事情败露，便上前打斗，拼命脱围，只是官兵人马太多，众人打斗了一回，只有徐寿逃了出去。鸣皋见徐寿落荒而来，就知出事了。狄洪道说道："宁王那老贼心狠手辣，迟早要对三位兄弟下毒手。我们不如现在就杀进去，救他们出来。"徐鸣皋说道："千万不要鲁莽行事，宁王府中高手如云，又有徐半仙兄妹坐镇，即使众师叔都来，也难有必胜的把握。"包行恭说道："那该怎么办才好？宁王早就对我们恨之入骨，三个弟兄落在他手上，要是不及时救出来，怕要遭遇不测。"鸣皋说道："我先去打探一下，再做打算。"众人无法，只好让鸣皋去探查清楚再做打算。

周湘帆、包行恭、杨小舫三人被抓。宁王大喜，说道："我先杀了这三个人，除了后患。"李军师说道："暂时不要杀他们,先把他们关起来,等贼人来救,到时候就可以一网打尽。"
宁王点头称是,便下令把三人关在一隐秘处,严加看管起来。

　　夜深人静,月上柳梢,鸣皋飞身进入宁王府,施展轻功,
在高楼、亭阁之间穿行,不觉来到军机处,见房内烛光通明,
却无一人。鸣皋便开窗进去,四处查看起来,见案头上有一
道奏折,奏折边有一红帖,看着眼熟,拿来细看,却是众英雄
结义文帖。又取了奏折,只见上面写着江南巡抚于谦勾结贼
人,图谋不轨,危害社稷,及徐鸣皋等人火烧金山寺等恶行,
及奏请圣上对杨小舫、包行恭、周湘帆三人予以严惩等奏表。
鸣皋把奏折和文帖收在袖中,又打开抽屉,见里面有一封写
给大太监朱宁的信,及一包黄金,鸣皋收了。突然听见外面
有人过来,鸣皋便跃出窗外,飞身上房,几纵几跃,来到后花
园。这里亭台楼阁,奇花异木,自然美妙,却也无心留恋,只
不知三人关在什么地方。此时,前方传来一阵嬉笑声,细细
听去好像有两人在那里做苟且之事。鸣皋飞身上前,一刀下
去,把其中一个杀了,剩下那人见状,吓得魂不附体,直把尿
撒了出来,鸣皋轻声喝道:"不要出声,前天抓来的那三个人
关在哪里了?"那人呆了好一会儿,才点了点头说道:"从这里
往前走过园门,左拐走到路头,右拐一直往前走,见一道红墙
就是。"鸣皋说道:"说的可是真话?"那人说道:"我小命在爷
手上,哪里敢骗你?"鸣皋说道:"说得对。"说罢,一刀下去,割
下头来,又把两人尸体抛入池中,便顺着那人所指方向走去,
走了一会,就见一道红色高墙在前。鸣皋正想走过去,突然
那墙动了起来,便飞身躲藏起来。只见墙上分出一个口子,

出来两人。鸣皋暗想：我这就杀进去，救兄弟出来。正要动手，有人却在他肩上轻拍了一下，鸣皋吓了一大跳，转过头来看去，却是一枝梅。一枝梅小声说道："不可鲁莽。"说罢，拉着鸣皋飞身上房，来到一僻静处，鸣皋问道："为什么不进去救兄弟出来？"一枝梅说道："你以为这里是县衙啊，这宁王府内机关重重，高手如云，李自然把他们三个人关在这里，就是要引我们上钩。"鸣皋说道："还好你来了，要不然小弟今天恐怕就逃不出去了。"说罢，两人直往王府外去，过几个院落，听不远处有一院内人声嘈杂。一枝梅说道："不知道什么事情，过去看看。"说罢，飞身上房，来到那院边屋顶上。只见院内灯火通明，那宁王手下大将邺天庆、雷遇春、铁昂、波罗僧、殷飞红、铁背道人等人围坐在一张大圆桌边喝酒。一枝梅暗自说道："我兄弟还关在里面，你们却在这里喝酒，我也让你们吃不安稳。"于是取出一枚黑色弹丸，朝邺天庆头上飞射过去。众贼人正喝得起兴，也没提防，只听啪的一声，那飞弹正中邺天庆额头，直打得他眼冒金星，跌倒在地。铁昂见状，飞身上房，冲杀过来，一枝梅见他上来，便说道："快走。"二人飞奔而去。铁昂追了一会，见二人飞身出了王府，便转身回去。次日，军机处来报宁王，说奏折信件都给贼人偷去了，宁王听罢，大怒道："好大胆子，连王府也敢来偷。"又召集众人说道："王府重地，要严加防范，千万不可疏忽大意。"众人领命，各守职责。

一枝梅、徐鸣皋出了王府，又飞奔了几里地，见没人追来，便放慢了脚步。一路走来，见山路两边林木幽深，无处可作停留,就一直走到天明,见前面有一酒肆,便进去了。小二见二人一早就来,便说道:"客官早到,我这里有新鲜牛羊肉,可要来些?"两人走了一夜,早就饿了,一枝梅说道:"只管拿来就是,再给弄些薄饼来。"小二下堂备菜,不多时,上来七八样菜蔬,又有十几张薄饼,两人狼吞虎咽地吃了一回。酒足饭饱,起身要走,突然有道士飞身过来,把他二人抓了个凌空。一枝梅慌忙问道:"你是谁?为什么要抓我二人?"道士说道:"宁王重金悬赏你们的人头,我抓了去,也好领赏。"鸣皋责问道:"宁王无道,你却要助纣为虐,是何道理?"道士哈哈大笑,放下二人,说道:"我和你们开个玩笑。"二人听说如此,便上前行礼,问道:"敢问道长高姓大名?"道士答道:"鹡寄生就是。"鸣皋听罢,喜出望外,上前拜道:"师伯在此,鸣皋有礼了。"鹡寄生说道:"不必多礼,你师父约我来这里帮你们,现在你师父有事去了南海,过几天就来。"鸣皋听说师父、师伯来此相助,便说道:"有师伯相助,明天就杀进宁王府去,救出三位兄弟。"鹡寄生说道:"千万不可鲁莽行事,宁王府中那徐半仙十分厉害,他是白莲教主徐鸿儒的高徒,奇门异术非比寻常。就是我七位师兄弟都来了,也还须有一人相助,才可破他妖法。"鸣皋说道:"真是没有想到,不知要谁来帮忙,才可破解?"鹡寄生说道:"天机不可泄露,他日你自然明白。"三人说着离开酒肆,往前走去,只见旭日初升,晨光四射,山林间一片光影。三人走了几里地,来到一庄前,见庄中彩旗飘舞,又有十几个人在磨刀擦枪,一枝梅便上前问道:"为什么不做农活,却要磨刀弄枪?"一人答道:"贼人近日连连前来袭扰，我等无法，只好磨刀御敌。"听他如此说，三人不以为然，见前方有一客栈，便进去喝酒。鸣皋把宁王人马包围周府，抓去三位英雄等事情一一说了。一枝梅也把自己去寻徐鸣皋遇到蟒蛇精，不为所惑，一刀斩杀蛇精等事一一说了。三人喝酒闲聊，不觉天色暗了下来，就在这里住了下来。

夜到三更，三人睡得正酣，突然听见外面有打斗声，便起身上房，只见一群贼人正从庄外冲杀进来。那贼人阵势齐整，冲杀有法，不多时就伤了十多个人，一枝梅说道："这些人虽然穿着便服，打杀起来却很有章法，好像是群官兵。"鸣皋说道："我看也是，不知道他们为什么要夜袭这庄子。"一枝梅说道："这叫放风，这些官兵换上便服，干些强盗勾当，强抢财物，掳掠妇女，最是可恶。"正说着，只见远处有一人骑着白马过来，仔细看去，却是郏天庆。郏天庆来到庄前，大声说道："赵王庄私藏贼人，今天我特来抓人，如有反抗，一律格杀。"说罢，提着方天画戟向前走来，庄中两个教头见他过来，便飞马迎了上去。郏天庆哪里将他们放在眼里，只一戟戳去，前面那人便被他挑下马来，另一人见状，大吃一惊，转身就跑，却已来不及了，一戟下去，那人身子顿时被戳成两段。一群敌兵见状，便发疯似的冲杀过去，村中壮士哪里抵挡得住这群恶贼，庄内顿时乱作一团。徐鸣皋见如此，早就按捺不住了，恨恨地骂道："这群恶贼，不杀了他们，如何是好。"说罢，提起单刀飞身下房，冲杀过去。郏天庆见一人从屋顶冲杀过来，便挥戟迎上前去，刀戟相击，火星四射。郏天庆见对方骁勇，自不敢大意，两人你来我往，连斗了三十多个回合，鸣皋便渐落了下风。一枝梅见鸣皋打斗不过，便上前帮忙，郏天庆见有人来助，也不管他，直把那方天画戟舞得滴水不漏。鹪寄生见他二人斗不过，便使了剑术来助，只见一道剑光在大戟上左突右击，战了许久，却也奈何不了他。村中壮士见有人助战，顿时士气高涨，从四面包抄起来，只将那些抢掠财物、奸淫妇女的敌兵杀得哇哇大叫。郏天庆斗了一百来个回合，便落了下风，正要逃跑，却见有大队人马过来，带头的是铁昂。一枝梅见铁昂过来，知他骁勇，不好对付，便取出飞弹，趁他不备，一弹飞射过去，打下他两个门牙来。郏天庆见铁昂受伤，知道难以取胜，只好落荒而逃。众英雄见敌兵败逃，便又追杀了一回。

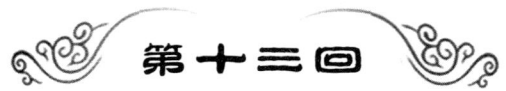

第十三回
众英雄聚义赵王庄
众剑客大败邺天庆

官兵退去，赵员外听说有侠士相救，便带了儿子赵文、赵武上前拜谢，说道："敢问各位英雄高姓大名？"鸣皋说道："小弟徐鸣皋，这位道长鷃寄生，那位一枝梅。"赵员外没等鸣皋说完，便领着众人拜倒在地，说道："两位英雄的大名如雷贯耳，慕名已久，鷃仙人乃是当世神仙，今天到我庄上，解我危难，真是百姓之福。"拜罢，又命人杀牛宰猪，设宴款待。

席间，赵员外让村中长者上来劝酒，三人饮过，又一一回敬，赵员外说道："今天如果不是三位英雄在这里，我庄恐怕早就变成一片废墟了，三位英雄的大恩大德，我等却无以回报。"鸣皋说道："是我们连累庄上了，官军原本就对我们恨之入骨。今天虽然败走，他日再来，恐怕难以抵挡。"赵员外上前再拜，说道："还望三位英雄助我们一臂之力。"员外相留，鸣皋面有难色，便对鷃寄生说道："师伯意下如何？"鷃寄生说道："这里后有高山，左有深谷，只有两面是门户，右边林木繁茂，道路难行，容易设伏，如果在正面筑起高墙，布下陷阱，就可御敌。昨夜我见庄中壮士，勇猛无比，视死如归，却也好生敬佩，我们就暂且留下来助你们一回，只是庄内众人，须听我调遣才好。"众壮士齐声答道:"愿听号令。"次日一早,鷈寄生便发号施令,校场练兵,筑墙备战。

却说郏天庆带着几百残兵回到南昌,慌忙向宁王报道:"贼人都在赵王庄里,昨夜一战本来可以取胜,无奈对方有剑客相助,所以落败。"宁王听罢,大怒道:"这帮贼人,一定要先除掉他们,免得他日坏我大事。"军师李自然说道:"王爷息怒,我有一个办法能让他们死无葬身之地。"说罢,附上耳去,轻声说了。宁王大喜,说道:"果然妙计。"于是,传令众将军分头准备。

再说赵王庄上,众壮士得了三位侠士相助,个个士气高昂,筑墙备战,自是不敢有丝毫懈怠。一天,鷈寄生、徐鸣皋正在商议御敌之策,突见一枝梅带着徐庆、罗季芳、狄洪道、徐寿、王能、李武等六人前来,又有一高头大汉在后。众人便迎上前去,徐庆介绍了那人姓名,却是焦大鹏,鸣皋大喜,两人相拥,相见恨晚。众英雄相聚一处,喝酒说事,豪气满怀,便不多述。

赵文、赵武领命召集众人日夜赶工,不到两天一道土墙便已完工,众英雄前去查看,都说坚固。鷈寄生问道:"弓箭准备得怎么样了?"赵武说道:"有五千多枝了。"鷈寄生说道:"很好,你二人确实能干,我这里有一张图纸,你们按着上面画的,做二十个。"说着从怀里掏出一张纸,递给赵武。赵武接了,展开一看,却是一架飞箭战车,内设几十枝暗箭,又有精妙机关。鸣皋说道:"有此利器,自然如虎添翼。只是机关复杂,恐怕一时做不好。"赵文说道:"庄里有个铁匠,以前专做机巧物件,只要他肯来做,倒也容易。"鸣皋说道:"官军要是再来,恐怕有上万人,我们才七百来人,怎么抵挡得住?"赵员外说道:"东南十里有个刘家庄,也纠集了五六百人抵抗官军,要是去请,肯定会来。"鷃寄生说道:"有劳赵庄主前去说明利害,请他们前来和我军合兵一处。"赵员外得令而去,不过一天,便带着刘家庄五百余号壮士过来助战。

到了十八日午后,有探子飞马来报说:"南昌官兵已在集结,晚上恐怕要来偷袭。"鷃寄生说道:"我料他今夜会来偷袭,我们只要守住高墙,再在右边密林里挖下陷阱,设下伏兵,定能大胜。"徐鸣皋说道:"大家分头准备,夜里难免会有一场恶战。"说罢,又和众英雄前去各处查看,只见箭车、飞石、雷炮、滚木等都已备好。众壮士听说今晚要有大战,个个摩拳擦掌,士气高昂。

十八日午后,军师李自然带了一万人马,以郏天庆、铁昂、殷飞红、雷遇春、铁背道人五人为将,分五路,浩浩荡荡地往赵王庄开来。众英雄在高台上望去,只见五路人马如五条火龙直往庄上来,只是行进得很慢,不知是什么原因。罗季芳说道:"都是些老弱残兵,走得忒慢,爷爷我都有些等不及了。"鸣皋说道:"呆子,我看其中定有缘故。"鷃寄生说道:"确实奇怪。"众人虽存狐疑,却也顾不得太多了,只一心想着大战一回。

却说那李自然督造了一尊排山倒海红衣大炮,本想着他日起事时用来攻城略地的,却没想到在这里用上了。要说这尊大炮,却是非同小可,大炮一响,能把赵王庄夷为平地。离庄还有二里地,大军停了下来,邺天庆一面命人装设大炮,一面亲自带两千兵马从正面冲杀过来。众将士见官兵冲杀过来,早已弓箭在手,只等靠近些便用箭射杀。邺天庆飞马来到墙下,突遭飞箭乱射,大吃一惊,没想到才离开几天,这里就筑起一道高墙来了。那冲锋的官军遭遇了漫天的箭矢,慌忙躲避,不多时,便倒下了一大半,邺天庆见势不妙,掉转马头,慌忙后撤。徐庆见他后撤,拉起弓来飞射一箭,只见那箭如闪电一般射了过去,邺天庆见这一箭来势凶猛,便飞身躲避,相差毫厘,只射中了白马。那马中了一箭,狂奔而去。

铁昂、殷飞红等带着两千人马从右侧林子里攻过来,埋伏在林中的徐寿、王能、李武、赵文等英雄见官兵进入火雷阵中,便命人吹起号角,又用火箭乱射一番。铁昂知道中了埋伏,却也毫不畏惧,硬是往前冲来,一连砍杀了几个壮士。徐寿见他凶悍,便命人只对着他放箭,顿时那火箭如雨般朝他飞射过去。铁昂见势不妙,转身后撤,却已太迟,腿上中了一箭,那火呼呼地烧着,直把他给点着了,幸好边上有一条水沟,滚了下去,灭了火苗。其余将士多半身陷火雷阵中,只见一片火海,烧死无数。

却说邺天庆被那箭矢一阵乱射,带着残兵丢盔弃甲,一路跑了回去,焦大鹏、徐鸣皋等英雄见官兵落荒而去,便飞身下墙,一路追杀起来,直追了一里多路,忽见前面有一尊大炮正对着庄上,又有两千将士守卫在前后。徐鸣皋暗叫一声:"不好!"便领着众人拼命地往里厮杀,无奈官兵太多,厮杀了一回,也无法靠近,眼看着就要点火开炮,庄上众英雄便要被炸得粉身碎骨了。就在这万分危急的时候，只见天上一道金光闪过，一红衣女子从空中飘飞下来，正落在那大炮上，波罗僧见是霓裳子来战，吓得屁滚尿流，转身就跑。郧天庆却不怕她的剑术，飞身过来打斗。又有不怕死的官兵把火把朝那引信抛去，那引信得了火苗顿时烧了起来。就在这万分危急的时刻，霓裳子从一官兵手中夺过长枪，飞射过去，正钉中炮门。众英雄见那引信已灭，便又冲杀起来。焦大鹏一路猛杀过去，直把郧天庆追赶到十多里外，郧天庆见只有他一人追来，便停了下来。焦大鹏却不知厉害，挥舞起大刀直杀上前去，两人打斗了十多个回合，郧天庆便占了上风，把焦大鹏打得只有招架之力。两人又战了几个回合，只见郧天庆挥起方天画戟一个分身斩过来，焦大鹏哪里抵挡得住，直把头给砍了去。郧天庆见官兵已败落下来，便提着人头回宁王府去了。

　　却说徐庆见敌将薛大庆要逃，也追杀出来，薛大庆见他来追，便飞奔了十多里路，见前面有一个林子，薛大庆便飞身躲在树上，徐庆追上前去，不见人影，四处找寻，也不见人。正要转身回去，不想那薛大庆正躲在树上，一个毒镖飞射过来，距离太近难以躲避。就在这万分危急之时，只见一道亮光射过，那飞镖直转过头去，正中薛大庆的咽喉。徐庆抬头一看，却是师父一尘子在前，连忙跪下拜谢。

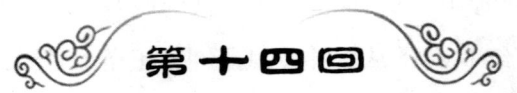

第十四回

徐半仙校场设妖阵
黄三保张府误投信

大战一回，赵王庄上壮士死伤无数，宁王兵马更是尸横遍野。众人把各处战场打扫干净，赵员外又抚恤了那些战死壮士的家属。一尘子、霓裳子来了，鹪寄生便把庄中各事务交给一尘子来管。一尘子临危受命，自是不敢懈怠，每天四处巡查，观察地势，命人在各紧要处设置了梅花桩、铁蒺藜、鹿角之类的路障，又把那缴获的红衣大炮架在高墙之上。

自从众英雄赵王庄大败宁王兵马后，便声名鹊起，各路人马都前来投靠，不几天，庄上就聚集了四千多人马。一尘子见人马日渐增多，便在庄前十里内选了八处易守难攻的地方，命人建起营垒，互做掎角之势。赵员外见庄中人多势众，每天柴米粮油开销极大，便差人四处采购。又过几天，默存子、山中子也来到庄上，众英雄设宴为二人接风洗尘，又是大喝了一回。过两天，突有小兵来报，说营前有好几千人马来投，还有一个妇人穿着孝服，站在阵前，说要见狄将军。狄洪道说道："肯定是焦兄之妻孙大娘来了。"说罢，跨马飞奔过去，行十里，来到营垒前，见孙大娘在前，便命人开了门户，引众人进来。那些守营士兵见大队人马来投，顿时士气高昂，呐喊震天。那来投士兵个个手握利器，满面杀气，一心想着为焦首领报仇。

一尘子见近几天来投的兵马已过万人，声势浩大，便说道："要派个人到苏州给于谦大人送一封信去，说清楚我们这里的情况才好。"鸣皋说道："正是，要请他上书皇上，说明我们聚义此地都是因为宁王无道，被逼无奈的缘故，就不知道该让谁去才合适。"一尘子说道："霓裳子最合适了。"说罢，写好一封信，让她送去苏州。

却说李自然夜袭赵王庄，损失了四五千兵马，宁王见他大败而回，雷霆大怒道："一万多兵马去打区区千百号人，却弄得个大败而回，那红衣大炮多么重要，也给丢了。"徐半仙见宁王大怒，责备李自然无能，便上前为他开脱道："这也不能都怪他们，贼人有剑客帮忙，就是去上十万大军，也要败下阵来。"宁王说道："就请仙师带兵前去，杀他个片甲不留。"徐半仙说道："那倒不必，现在他们人多势众，士气高昂，再加上地势险要，机关众多，却是易守难攻。要是派大军前去攻打，伤亡恐怕太大，我有一个办法，不伤一兵一卒，就能将他们杀得一个不留。"宁王说道："仙师有什么好计策？"徐半仙说道："我师父传我的'招魂戮敌大法'非常厉害，只要在大校场中间结一个金顶莲花，再在周边按五行阵法设置三百六十五个门户，户户勾连，在门户之间放上各样利器，再用柳木削制一万多个小木人放在里面。我就在莲花台上做法，只等那七七四十九天期限一到，管你是多厉害的剑客也难逃一死。"宁王说道："果然妙计，就怕他们要来破阵。"徐半仙说道："王爷不用担忧，这阵法千变万化，奥妙无穷，一进一出只有两个门户。要是有人敢来,那就是自寻死路。"宁王听后大喜,便命徐半仙快快摆好阵来。

却说黄三保领了宁王旨意,送奏折进京,又带上许多金银珠宝送给朱宁、张锐两位总管太监,并有宁王亲笔书信一封,恳请他两人帮忙周旋。黄三保走了一个多月,来到京城,在客栈住下,又向小二打听了朱宁住处。次日一早,就带上书信及金银珠宝前去拜访,哪知大太监朱宁正好请假,回老家去了。黄三保只好出来,见路边有一个老人,便上前问道:"张锐张公公家在哪里?"那老人用手指着对面不远处一府邸说道:"那不就是张公公家吗?"黄三保一看,果然有一府邸在前,便上前递上帖子,哪知这府邸虽然姓张,却是东厂大太监张永公公的府邸。张永接了宁王拜帖,见不是给他的,暗想其中必有缘故,便叫人让送信的进来说话。

黄三保来到厅上,见张公公正坐在堂上,便上来拜见。张公公说道:"不要多礼,今天来我这里,不知有什么事情?"黄三保忙命人抬上礼物,又亲手呈上宁王亲笔书信一封。张公公收了,请他坐下喝茶。黄三保见张公公如此抬举,便把宁王处的情况一一说了,那张公公暗想:这分明是要造反。却也不露声色,只叫他稍坐等待,说有要事出去一会。张公公出了堂来,便吩咐下人严加看管,不要让他走掉,自己坐了一顶快轿,直奔皇宫去了。

张永见了正德天子,把书信呈上,又细细说明情由。正德天子听罢,龙颜大怒,命人把黄三保打入天牢,发刑部严加审问。黄三保被关入天牢,知道事情败露,就一一招供了。

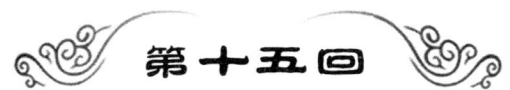

第十五回
于巡抚传信赵王庄
窦喜庆草房拒美色

过几天，早朝过后，太监送奏折到御书房，正德天子见其中一份是江苏巡抚于谦所上，便取来先看，只见折子上写着徐鸣皋、一枝梅、罗季芳等英雄在姑苏城、金山寺、飞龙岭、赵王庄等处为民除害的经过。又有宁王写给朱宁、张锐两个大太监的亲笔密信，信里内容和张永前些天呈上来的信差不多。正德天子看罢冷笑道："天作孽犹可活，自作孽不可活。"说罢，便命太监传御史杨一清前来觐见。不多久，杨一清来到御书房，正德天子说道："杨爱卿，宁藩想要造反，夺朕天下，朕欲御驾亲征，扫平叛逆。"杨一清说道："陛下万乘之尊，不宜亲征。宁藩虽有谋反之心，却还不敢明目张胆，兴兵作乱。如今只需命江南各巡抚衙门多加节制就好。"正德天子说道："也好，静观其变。"

张锐听说黄三保投错书信，被打入了天牢，便差人飞马传书给宁王，把三保投错书信、天子大怒等事一一告知。宁王见事情败露，慌忙叫来军师李自然商议道："事已败露，如不先下手为强，他日朝廷大军来到，恐要束手就擒。"李自然说道："三月初三起兵，大事必成。"宁王说道："现在就赵王庄那一群贼人不好对付，刚才探子来报说近几天又有三千人马投靠庄里去了。他日大军挥师北上，贼人怕要乘虚而入，断我后路。"李自然说道："我也担心这事，不知道徐仙师那大阵摆得怎么样了，要是他能成功，就无后顾之忧了。"

江苏巡抚于谦接到圣谕，得知宁王想要造反，便命人将宁王心腹苏州知府张弼拿下，又命王介生送信去赵王庄，商议共同对付宁王之事。王介生领命后，便马不停蹄地赶往江西，一日在一客栈投宿，遇见一熟人，却是在枫林村共患难过的窦喜庆。兄弟相见自然高兴，开怀畅饮，互叙长短便不细述。

次日一早，两人来到赵王庄。狄洪道正在巡防，见他二人前来，便打开门户，迎了进来，又亲自领着他们来到厅上。众英雄都在，两人上前一一拜过。王介生将书信取出，呈给一尘子。一尘子看过，说道："宁王想要造反，于大人约我们一同对付他。"众人说道："如今我们人多势众，也不怕他来打。"一尘子说道："话虽如此，可宁王毕竟势大，光靠我们也难获胜。"鸣皋说道："我们先和他纠缠，他要是敢出兵北上，我们就捣他老巢。"众英雄都说有理。两人住了一晚，次日一早，一尘子将一书信交给王介生，让他带给于大人。窦喜庆在焦大鹏坟前拜祭一回就回湖南去了。

先说窦喜庆来赵王庄的路上遇到的事。一天，喜庆行路到天黑，正想找个地方落脚，突然看见前面有一个茅草房，便上前敲门，出来一美妇，妖艳动人。那妇人说道："公子夜间来寻奴家，不知有什么事情？"喜庆说道："小生路过这里，天色已晚,想借宿一晚。"那妇人见他长得眉清目秀,就笑着说道:"公子快点进来,这里只有我一个人,你要是来住,我也好有个伴。"说着便拉喜庆进屋,关上门,插上门闩。喜庆见她如此,就觉着别扭,又见床上丝被绣枕色彩华丽,和这茅草房很是不配,便想:该不是遇到妖孽了?那妇人见喜庆面色细白,身材健硕,便看着入迷,又使出一身骚气来勾引他。喜庆见她无礼,起身要走,那妇人怎肯放过这到嘴的肥肉,自是上前拉扯一番。喜庆见她纠缠不放,便用力一推,那妇人倒在地上,柔声叫道:"公子伤着奴家了。"喜庆见她倒地,转身便跑出门外去。就在此时,屋顶上飞身下来一头陀,见那妇人追了出来,便一把将她抓住,怒喝道:"你个娼妇,我才去几天,你就勾引野男人。"说罢,便是一刀,那妇人连哼都没哼一声,便死了。头陀杀了那妇人,飞身追上前来,一把抓住喜庆叫道:"你这狗杂种,吃我一刀。"说着便一刀砍了下来,就在此时,只见一道白光闪过,那头陀顿时分成两段。喜庆见状,吓晕了过去。

过了一会儿,喜庆醒了过来,见一道人在前,便俯身拜谢,道人说道:"不必谢我,要是你贪恋美色,那头陀进去,恐怕性命难保。"喜庆说道:"请问道长仙号?"道人说道:"飞云子便是。"喜庆说道:"不知他二人是谁,怎么会在这里?"飞云子指着那头陀说道:"这人叫锡头陀,他见了宁王的讨伐檄文,就往江西投靠宁王来了。"两人闲话一会,便各自上路去了。

再说这锡头陀路过湖北襄阳时,在路边看见一女子长得妖艳,就起了色心,半夜潜入房中,和她鬼混。这苏月莪,自从沈三被包行恭一刀杀死在树林中后,便夜夜寂寞,见有男人半夜跑上床来,便故意装作不知道,任由他摆布起来。这头陀床上功夫十分了得,苏氏见他厉害,便也使出浑身功夫来和他应对。王妈妈听楼上动静不小,知道苏氏又在偷人,便暗上楼去,暗想:今天不知哪个公子在她床上,我先敲门进去,也好要他些银两来。主意已定,便去敲门。头陀听有人来敲门,便把苏氏放开,提起单刀,飞身过去,打开门。王妈妈见门打开,便探头进去看,只见刀光一闪,王妈妈的头便滚落到地上来。苏氏见那头陀杀了人,便慌张起来,不知该如何是好。头陀说道:"这个老婆子该死,人家好端端地做事,她却来吵。"说着回到床边,用被子把苏氏一包,飞身去了。一连走了几天,来到这僻静的地方,把那原先住在房中的老汉赶了出去,霸占了他的房子。

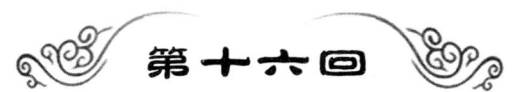

第十六回
众剑客大破摄魂阵
徐鸣皋王府结姻缘

一天，众英雄聚在一起商议如何破解摄魂大阵，突然两道白光闪过，只见傀儡生、焦大鹏来到眼前，众人大惊，鸣皋问道："师叔，焦大哥明明已经战死，怎么又活过来了？"一尘子说道："天命如此安排，前些天他死在郏大庆手中，早有你师伯施法将他灵魂护住，带回山中，又修炼了七七四十九天，方归人形，又传他道法，现在他和我们一样，也是剑客了。"众英雄听罢，上前祝贺，焦大鹏说道："让兄弟们担忧了。"孙大娘见丈夫在前，就哭泣起来，大鹏笑道："大家都在这里，你倒要哭，也不怕丢人？"众人见状大笑起来，孙大娘见众人笑她，便也笑道："人家高兴嘛。"一尘子说道："徐半仙的摄魂大法再过两天就要成了，我们要在明天把它破了。"鸣皋说道："师伯说过，要有一个奇人来帮忙，不知道那人在什么地方？"一尘子笑道："远在天边，近在眼前，大鹏就是。"鸣皋说道："原来是他，怎么回事？"一尘子说道："大鹏死而复生，自是不同凡响，那摄魂大法对付得了凡人，却奈何不了大鹏。"傀儡生说道："明天就要大战，今晚我还要再去刺探一下。"鸣皋说道："我去过一次，知道他们三人关在哪里。"傀儡生说道："今晚我们三个人一起去。"

深夜，傀儡生用了道术，把鸣皋藏在袖口里，就和焦大鹏使了御风之术来到大校场。只见校场上烛光点点，那一万多个柳木小人都在道台上整齐地摆放着，发出隐隐的蓝光。傀儡生又使出隐身道术，隐没了身形，来到门户前，做了一个道法，走了进去，几弯几拐，来到道台前，傀儡生暗想：我先收了这些柳木人回去。主意已定，便取出一个四寸见方的口袋，打开袋口，轻吹一口气，那柳木人便一一飞入袋中。傀儡生收了木人，又朝四面使了旋风大法，把那一排排的烛台吹倒在地。徐半仙见烛台倒去一大片，知道有人隐身潜入，便提剑来斗。焦大鹏见他从莲花台上下来，便飞身进入阵中，和他打斗起来。

傀儡生偷了木人，走出阵来，直往王府里去。王府由徐半仙的妹妹徐秀英把守着，她有一幅画，十分奇异，要是有人前来，就能在画中显现出来。两人来到府中，循着旧路，来到包行恭、周湘帆、杨小舫三人关押处，一剑劈开牢门，三人见有人来救，都醒了过来。鸣皋说道："这是师叔，傀儡生。"三人上前一一拜过，傀儡生便把三人藏入袖中，又对鸣皋说道："贤侄，你也进来吧，那徐秀英妖法厉害。"正说着，一道紫光闪过，只见徐秀英站在面前喝道："大胆贼人，本姑娘把守，也敢前来劫牢。"说罢，抛出一红色方巾，傀儡生见那方巾往头上罩了下来，便使了隐身道术脱身而去，徐鸣皋逃脱不及被擒了去。

焦大鹏和徐半仙打斗了二十多个回合，便抵挡不住了。

海鸥子见状，化作一道剑气，前来助战。徐半仙见有人来助，大声喝道："你们一起上吧。"说罢，把手中的桃木剑舞得滴水不漏，直把两人逼到绝路上去。海鸥子连忙使出传声法术，叫来一尘子、飞云子、山中子、默存子、霓裳子，六子化作六道剑气和徐半仙大斗了三百回合。徐半仙见对方人多势众，再战无益，便往宁王府里飞去，想引众人追赶过去，好让妹妹用天罗地网方巾把他们一网打尽。哪知众剑客见摄魂大阵已破，就收兵回赵王庄去了。

徐鸣皋被擒，关在徐秀英住处。徐半仙回到府中，见徐鸣皋绑在妹妹房内，便说道："妹妹果然厉害，居然把徐鸣皋给抓来了，我这就把他送给宁王。"徐秀英说道："这人有几分义气，要是送给宁王，肯定不会投降，我想先劝劝他，要是不行再送去也不迟。"徐半仙说道："也好，只是要小心那些剑客来救。"徐秀英说道："不怕，要是敢来，我把他们也抓了。"徐半仙说道："还是小心点好。"说罢，便出门去了。

徐秀英见哥哥去了，便命人把鸣皋押到内室来。鸣皋押到，来人退下，秀英关上门，解开他手上的绳索，说道："今天你落在我手上，你愿意归顺吗？"鸣皋说道："宁王无道，欲图谋反，我怎会投靠他去？"秀英说道："我先不和你说这个，常言道姻缘天定，我算出你我有十世姻缘，你愿意和我结为夫妻吗？"鸣皋大吃一惊，正眼朝徐秀英看去，只见她眉目清秀，超凡脱俗。鸣皋心中暗喜，只是不知道她说的可是真心话，便说道："不要用美人计了，我不会投降的。"秀英见他心有疑虑，便说道："婚姻大事，怎能儿戏？我说的都是实话，却是真心诚意。"鸣皋说道:"如果你不来劝降,我愿和你结为夫妻。"秀英听罢,大喜,忙命人摆上红烛、香案、果品等物。

厅堂上红烛高照,又有果品在案,两人一根红绸相牵,拜过天地,进入洞房。鸣皋揭去盖头,烛光之下,秀英娇美可人,鸣皋俯身上前,轻声细语地说道:"今天你我结为夫妻,你可称心如意?"秀英满脸绯红,默默不语。鸣皋拿过酒来,喝过交杯酒,两人双目互视,情深意浓。吹去烛光,一夜缠绵,便不多述。

洞房花烛

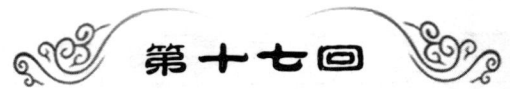

第十七回
徐半仙大摆迷魂阵
众剑客合力破妖阵

　　摄魂大阵被破，赵王庄数万人马得救，宁王很是恼火，却也无法，只得叫李军师、徐半仙前来商议，李军师说道："大阵被破，都是剑客的缘故，现在他们聚集在赵王庄上，要是派大军攻打，恐怕难以取胜。"宁王说道："这可如何是好，徐仙师可有妙策？"徐半仙说道："那些剑客十分厉害，前天我和那六剑客大战了三百回合，也没有取胜。要是派兵马前去攻打，恐怕要吃大亏。"李军师说道："仙师法力高深，我想仙师早有办法了，说出来听听，也好让王爷宽心些。"徐半仙说道："我是有个办法，只是这办法要有人帮忙才能成功。"宁王说道："谁能助仙师一臂之力？"徐半仙说道："就是王爷你，我在赵王庄十里外树林里摆下迷魂大阵，王爷只要和郏将军前去挑战，敌将见王爷前去，必来追赶，郏将军只要把他们引到阵里去，我就好用我妹妹的天罗地网方巾把他们抓住。"李军师说道："王爷千金之躯，怎么能以身犯险？"徐半仙说道："这倒不怕，我有一宝物，王爷只要戴在手腕上，如果遇到危险，只要大叫一声'回'，无论身在哪里，都能瞬间回到王府中来。"王爷说道："什么法宝如此神通？仙师拿来给本王看看。"徐半仙便从身上取出一块玉佩,只见那玉佩黄中带绿,隐隐泛着光华。众人见这玉佩,都说奇异,徐半仙说道:"这宝物是我祖师从昆仑山下采来的,又在丹炉中用三昧真火炼了九九八十一天,把仙气都聚在一起,才有如此神通。"宁王说道:"原来如此,明天就去设阵抓敌。"众人领命,各自准备去了。

次日,徐半仙在林子里摆下迷魂大阵,又叫一丫鬟去徐秀英那里借天罗地网方巾。秀英和鸣皋昨夜洞房,春宵苦短,日上三竿,也没起来。那丫鬟见秀英没有起身,便在院外说道:"仙师在城外树林中设下迷魂大阵,让我来借天罗地网方巾,好抓众剑客。"鸣皋听她如此说,便问道:"秀英,那方巾怎么这么厉害?"秀英说道:"这是我祖师传给我的宝物,要想抓人,只要抛在半空中,不管你武功有多么高强,道法有多么高深,也难逃走。"鸣皋说道:"让我看看。"秀英便从枕头下取出一块红色方巾,只见巾上绣着一个八卦,又有两黑龙环绕四周。鸣皋拿过方巾细细把玩起来,爱不释手。那丫鬟等了好久,不见秀英回话,以为她还没醒来,便高声喊道:"仙师让我来借天罗地网方巾。"秀英见鸣皋看得喜欢,便不想打搅他,从床头柜上取过一个红葫芦,使一手法,把那葫芦抛出窗外,说道:"拿这个给仙师。"那丫鬟见一个葫芦飞到手上,便道谢一声,往城外去了。

徐半仙在树林中摆下迷魂大阵,只等着妹妹的法宝送来,就好叫郑天庆出兵前去叫阵。过了好久,那丫鬟才回到阵前,送上宝物,徐半仙一看,却是红沙宝。这红沙宝虽不如天罗地网方巾厉害,却也是一等一的宝物,要是有人进阵,只要抛在空中,便可射出无数毒沙迷雾,让人睁不开眼睛,当场昏倒过去。李军师见宝物送到,便命邬天庆带两千人马,前去赵王庄叫阵。焦大鹏、狄洪道等英雄见邬天庆前来叫阵,也不出战,只在城头上看他要耍什么把戏。邬天庆见没人前来交战,便传话给军师,军师说道:"只有请王爷出马了。"宁王手中持有宝物,自然胆大,单骑一匹白马飞奔到阵前高声喊道:"你们这些贼寇,本王爷在此,还不快快出来投降。"徐庆见宁王过来,搭弓就射,邬天庆是何等人物,见那箭朝宁王飞射过来,只用方天画戟一搁,便把那箭打落在地上。罗季芳见宁王就在眼前,再也等不住了,跨上马,直冲了出去。敌将黄天雕见庄中有人飞马出来,挥起大刀迎上前去,斗了没几个回合,罗季芳便败下阵来。徐庆见势不妙,便朝黄天雕飞射一箭,正中右眼。黄天雕中了一箭,掉下马来。铁背道人见状大怒道:"你这鼠辈,只会暗箭伤人。"徐庆见他来战,便飞马出去迎战,斗两三个回合,那敌将便被徐庆一刀砍下马来。邬天庆见状大怒,飞马来战,徐寿、殷寿、杨挺见他前来,便上前助战,四人围着邬天庆打斗了四十多个回合,也没占到一点便宜,那方天画戟左扫右击,险些把徐寿打下马来。

　　鹪寄生见四人斗不过他,便化作剑气上前助战,邬天庆见剑客来战,便假装打不过,转身就跑。宁王见邬天庆要走,便使了法器,回到府里去了。四人见邬天庆逃去,便飞马追赶过去,走十多里,来到树林前,邬天庆停了下来,说道:"你们这些贼人,也太嚣张了,先吃我一戟。"说罢挥戟来战,四人见他来斗,便直冲了过去。邬天庆见四人冲上前来,便掉转马头进了林子，四人追了进去。鹞寄生见四人进入林中，怕中了郏天庆的奸计，便也追了进去。鹞寄生来到林中就觉得奇怪，徐庆等四人明明就在前面，进入林中就不见了。就在此时，四处传来徐半仙的大笑声。鹞寄生暗叫不好，转身就要离开，哪知四面都是一样的树木，任你怎么走也找不到出路。徐半仙见他五人进来，便抛出红沙宝，林子里顿时毒雾弥漫，飞沙漫天。众人吸了迷雾，腿脚酥软，瘫倒在地上。郏天庆见状大喜，忙命人把五人绑了，送进城里去。

傀儡生得知鹞寄生等五人被抓，便吩咐庄上英雄不要出战。等到天黑，使了隐身大法，飞身进入宁王府四处打探，却见徐鸣皋在秀英房中。傀儡生来到鸣皋跟前，显出身来。鸣皋见傀儡生前来，便说道："师叔快救我。"傀儡生说道："你在这里逍遥快活，我为什么要坏了你的好事？"鸣皋说道："众兄弟都在阵前，就我在这里，一点用也没有。"傀儡生说道："明天我们要破徐半仙的迷魂阵，你要是能把徐秀英绊住，不让她去阵中帮忙，就是大功一件。"鸣皋说道："这个不难，只是我早就想逃出去，却怎么也逃不出这道门，不知道她用了什么妖法。"傀儡生说道："看看你的脚。"徐鸣皋拉上裤脚，见有一条红绳系着，便要拉扯下来，傀儡生说道："不好，你这一拉，徐秀英便会知晓。"说罢隐身要走，就在此时徐秀英飞身进门，见有人隐身要走，便抛出天罗地网方巾，把傀儡生网在里头。鸣皋见状大吃一惊，却见一道金光冲天而去。徐秀英拾起方巾，里面空无一人，便说道："刚才来的是什么人，居然能够从这天罗地网中逃走？"鸣皋笑道："你以为只有你的妖术厉害，从来就是邪不胜正，你的法术再高也是邪术，终有克制的法门。"秀英说道："话虽如此，可我想要看住你倒也不难，你休想逃走。"鸣皋说道："那你就在我身边，片刻都不要离开，要是离开一会，他再来救，我就走了。"秀英暗想：我还是好好地看着吧，要是给他逃走了，那真是竹篮子打水一场空。主意已定，秀英就粘在鸣皋身边，片刻不离。

傀儡生离开秀英房间，来到以前关包行恭等三位英雄的地方，进入牢中，只见徐寿、徐庆等五人都在，便显出身形，取出五颗红色丹药，分给五人服下。鹪寄生服过丹药后说道："多谢师弟。"傀儡生把四人收在袖口里，便和鹪寄生化作一道白光飞射而去。

次日，傀儡生命众英雄只准严守，不准出战。自己和凌云生、御风生、云阳生、独孤生、卧云生、罗浮生、一瓢生、梦觉生、漱石生、鹪寄生、河海生、自全生等十二位弟兄来到阵前。徐半仙见十三生都来了，便说道："你们都是修道之人，老要来管我红尘中的事情，却是何道理？"河海生说道："我们都是侠义之人，行侠仗义、为民除害有什么不行的？"一瓢生说道："你也是修道之人，为什么要投靠宁王，助纣为虐？"徐半仙见对方人多，说不过他们，便说道："今天我也不和你们多做口舌之争，要是不怕死，就请到阵里来，你我一分高下。"众生听罢，飞入阵中。徐半仙便挥动法器，口念梵文，顿时烟雾弥漫，不见十指。众生见状，便飞身上天，停留在半空中。徐半仙便使出分身法术，化作十三枝光箭，朝众生飞射过来。众生见状，忙化作剑气和他打斗，只见空中飞箭四射，蔚为壮观。

双方打斗了二十几个回合，眼看着徐半仙就要败落下来，就在此时，徐半仙使出红沙宝来，顿时毒雾弥漫，飞沙漫天，众生见状，慌忙取出云帐来做遮挡。红沙宝虽然厉害，但众生早有防备，虽然漫天飞沙，却也奈何不了众生。那红沙宝没多久就用光了，徐半仙见宝物用完了，又斗不过众生，转身便逃。众生一路追赶，来到长江边上，却被那滔滔江水挡住了去路，就在此时，江面上泛来一叶扁舟。徐半仙飞身落在小舟上，艄公问道："仙师要到哪里去？"徐半仙慌忙说道："快到对岸去。"那小舟便如箭一般直往对岸驶去。众生见状，都觉可惜，过一会，那小舟又驶了回来，众生一看，却是玄真子在那小舟上，众人便问："为什么放他走？"玄真子说道："你们不知道，这次他的气数还没到头，要是今天杀他，那就违背了天意，他到江北肯定会找他师父徐鸿儒来帮宁王，到时候他师徒二人再来，一起除去，就可绝了白莲教的种。"众生听他说完，都佩服得很。再说徐秀英得知哥哥落荒逃走，便心绪大乱，让徐鸣皋捡了个空子，逃了出来。

众生大破迷魂阵，回到赵王庄，众英雄早在那等候，大家见面一一道贺，赵员外命人设下酒宴，庆贺一番。酒席过后，七子十三生和众英雄辞别，四处云游去了。焦大鹏见众剑客离开，也跟了去，众人见他跟来，假装不知道。时近黄昏，夕阳无限美好，众生在一山间停了下来，说道："你过来吧。"焦大鹏上前行礼，说道："我想和众师父一起云游去。"云阳生说道："你虽是剑客，却和我们不同，你有妻妾在家。"焦大鹏说道:"我已入道,就不再眷恋红尘。"傀儡生说道:"红尘和修道本无差别,万事只在人心,如今你要离开,怎么对得起你父母? 自古道,不孝有三,无后为大。"焦大鹏听师父如此说,若有所悟,便回庄中去了。众剑客忘情山水,却也逍遥。

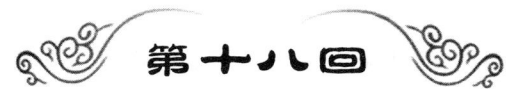

第十八回

鄱阳湖为民除恶贼
众英雄金殿受封赏

　　焦大鹏别过七子十三生，回到赵王庄，见一队人马在前，锦衣花马，黄旗飘舞，又有一个花帽太监过来问道："这里是赵王庄吗？"焦大鹏说道："正是。"太监说道："咱家张永，从宫中来，奉皇上圣旨，招取十二位英雄，快快叫他们出来迎接圣旨。"大鹏连忙把张公公引入大厅。众英雄听说皇上来招，都欢喜得紧，纷纷来到厅上。赵员外命人摆设香案，点上香烛。众英雄一起跪在地上，张太监宣读圣旨说道："奉天承运，皇帝诏曰：朕闻徐鸣皋、罗季芳、焦大鹏、徐庆、慕容贞、狄洪道、杨小舫、周湘帆、包行恭、徐寿、王能、李武十二人，行侠仗义，忠心为国，屡屡为民除害。现正值用人之际，特授众英雄指挥之职，火速来京，随右都御史杨一清出征甘肃，平定安化王之乱。"众英雄领旨谢恩。

　　却说江苏巡抚于谦叫王介生送信到赵王庄相约一起对付宁王，王介生回去将赵王庄的情况一一告诉于谦，于谦暗想：宁王作乱，要是直往南京而来，便可速战速决。要是他和徐鸣皋等英雄在赵王庄一味纠缠，怕是要久拖不决，祸害天下百姓，要是让十二位英雄暂时离开赵王庄，宁王见后方无忧，必定前来攻打南京，到时再让鸣皋等英雄带着庄上人马断其后路，便可一网打尽。主意已定，便写了一个奏折，保举徐鸣皋等十二位英雄为国出力，又命介生火速送上京去。正德皇帝看了于谦奏折，又逢甘肃叛乱，便下旨："朕封右都御史杨一清为三边总制，提十万精兵，前往甘肃讨伐逆贼。即日招取赵王庄徐鸣皋等十二位英雄前来为国效力。"

徐鸣皋等英雄离开赵王庄，和大太监张永一路来到鄱阳湖。张永说道："我有个表弟陆松年在湖东陆家湾，多年没有见面了，我想去看看他，你们先在大船上等我一夜，明天我就回来。"鸣皋说道："我陪你一起去吧。"张永说道："多谢好意，不劳烦大侠了。"便带了一个小太监，坐着小船去了。小船走了很久，天色渐暗，张公公就问船家道："听说去陆家湾只有十里地，怎么走了这么久？"船家笑道："陆家湾离这里远着呢。"说罢，从船板下抽出一把单刀，张太监见状，吓得屁滚尿流。船家说道："我这船也发善心，有个规矩，你要是肯孝敬，就能吃馄饨面，要是反抗，就吃板刀面。"张太监听他说要发善心，便稍稍放下心来，以为花了银子就可消灾，于是轻声问道："壮士，敢问什么是馄饨面，什么是板刀面？"船家听他来问，哈哈大笑起来，说道："也让你死个明白，馄饨面就是把人捆绑了，扔到水里喂鱼，可保全尸。要说那板刀面，就是把人大卸八块，抛入水中喂鱼。"话还没说完，张公公已经昏死过去了，贼人见状，用绳子把他绑了，抛入湖中。

张公公身体肥胖，被贼人抛入湖中，就浮在水面上，正好湖中有风，一路漂流，不觉就漂到大船附近。一枝梅正在船上看那湖光山色,突然看见有一个东西漂了过来,便叫艄公上前打捞起来,仔细一看,却是张公公。众人见状,慌忙把他翻转过来,使了内功,帮他逼出腹中积水。过了不久,张公公醒了过来,睁开眼睛,见众英雄都在眼前,便问道:"你们是鬼是人?"鸣皋说道:"公公不要害怕,我们都是人,刚刚公公在水中漂浮过来,是艄公把你救上船的。"张公公掐了掐大腿,觉得疼,便自笑道:"的确是咱家。"一枝梅又端上姜汤,张公公喝了,气色好了很多。

次日一早,鸣皋说道:"公公,昨天怎么会在水里的,是什么人如此狠毒?"张公公便把经过一五一十地说了。鸣皋说道:"这等恶贼却也少见,既然要了钱财,何必一定要置人于死地,我定要除了这恶贼,方才罢休。"张公公说道:"不知有多少人死在他手里,我命大,有你们救我。"鸣皋说道:"公公还去陆家湾吗?"张公公说道:"算了,怕再遇到他,性命不保。"鸣皋说道:"没事,只要让人和你一起去就好。"张公公谢过,便叫上一只小舟和一枝梅、徐寿一起去了。

小舟一路走来却也没事,不多久便到陆家湾。众人上岸,来到一大宅前,陆松年恰巧要出门去,见张公公来了,便上前拜见,又请众人进屋。张公公见阿宝在天井里玩耍,便拉起他的小手说话,心中好不喜欢。陆员外吩咐厨房准备酒宴,为张公公接风。酒席上,村中长辈都来向张公公和一枝梅、徐寿敬酒,大家客气一番。张公公说道:"本来昨天就来了,路上遇到一群强盗,差点丢了性命。"席上一人说道:"公公命大,要是遇上这些人,多半没命。"一枝梅说道:"你认识他们?"那人说道:"我也是听说的,今年时常有人遇害,也有家属去县衙告状,但没什么用。"一枝梅说道:"到底是什么人,这样嚣张?"那人说道:"听说是从南昌来的,宁王的人马。"一枝梅说道:"你知道他们住哪里吗?"那人说道:"听说住在柳苇荡里,这里过去二十里路。"一枝梅又细细打听了去路,便不细述。

张公公和两位英雄在陆府住了一夜,次日回到大船里。一枝梅将贼人情形和众英雄说了,鸣皋说道:"今天就去结果了他。"说罢,叫艄公开船直往柳苇荡去。到了午后,船来到柳苇荡,见岸上有十几间房屋,鸣皋等英雄便飞身上岸。一贼人见众英雄上岸来,就上前来问道:"你们是什么人,到这里做什么?"罗季芳见他长得弱小,便说道:"爷爷来送你见阎王去。"说罢,便是一刀。那房中贼人见外面有人前来,便提着家伙出来,见那兄弟被杀,就没命地冲杀过来,只是这些贼寇怎么是众位英雄的对手。众英雄砍杀起来,如同切菜砍瓜一般。鸣皋见其中一个人有些武艺,便飞身上前,只是一招,便把那钢刀架在他脖子上,那人见钢刀压着脖子,便不敢乱动。众英雄一阵砍杀,直把贼人杀得一个不漏。张公公见鸣皋押着一个人上船来,便说道:"就是这人。"鸣皋说道:"你是什么人,为什么在这里做贼?"那人说道:"我原先是郑将军的一个部下,郑将军特派我在此杀人越货,充当军饷。"鸣皋说道:"原来如此,今天我也问你,要吃馄饨面还是板刀面?"那人听罢,吓得魂不附体,尿都撒在船板上了。一枝梅见状,笑着说道:"不要多说,给他一刀就是。"说罢,鸣皋挥起钢刀,人头落地。

贼人已死,张公公上前谢道:"各位英雄今天杀此恶贼,一为咱家报了仇,二为四方百姓保了太平,功德不小啊。"鸣皋说道:"惩奸除恶却是我们分内之事,公公不必多谢。"此时日落西天,只见那湖面上碧波浩渺,晚霞如火。船家见贼寇被灭也是高兴,便从船舱中取出一瓮好酒来,又让浑家烧上几个家常小菜,请众英雄上船喝酒。众人谢过,便在船头围坐一处,喝酒放歌,何等逍遥。

众英雄半月后到了京城。张公公带他们在驿馆安顿下来,自己回府中去了。次日一早,张公公上朝,正德天子问道:"众英雄进京没有?"张公公俯身奏道:"昨天已到京中,现在驿馆里等候皇上传唤。"正德天子说道:"快去传众英雄前来。"传事太监得令,便往驿馆去了。

众英雄来到京城,睡了一夜好觉。次日一早起来,便要出去游玩,鸣皋说道:"不知皇上什么时候召见我们,要是出去了,到时太监过来,找不到我们也不好。"众人都说有理,正在此时,一个花衣彩帽公公来到驿馆,说道:"皇上要召见各位英雄,请快快随我进宫去。"众人听说皇上召见,满心欢喜,一路随那太监来到宫中,只见宫内飞檐画栋,楼阁高台,宏伟壮观。

众英雄来到殿前,那公公先进去,不多时,只听殿内高声喊道:"宣徐鸣皋等十二位英雄入殿觐见。"众人听宣,进入殿内,只见文武百官站立在左右两侧,金銮宝座上正坐一人,威严肃穆。众人不敢和他正视,来到殿前,俯身跪拜,山呼万岁。正德天子打量众英雄一番，只见众人眉目清秀，威武不凡，便笑道："众爱卿平身。"众人谢恩起身，正德天子说道："朕久闻各位英雄豪侠仗义，除恶惩奸，又在江南和贼人周旋，功劳不小。"众人说道："多谢皇上赞誉，我等虽是武夫，却知忠义二字，上要报效朝廷，下要为民除害。"正德天子听他们如此说话，心中十分喜欢，便说道："今天朕就亲封各位英雄指挥之职，过两天，你们就随右都御史杨一清出征甘肃，平定叛逆。"众人齐声答道："愿为国效力。"正德天子说道："这次前去平定叛逆，众指挥要听从主帅号令，奋力杀敌，他日凯旋，朕自会论功行赏。"众人拜谢，天子退朝。

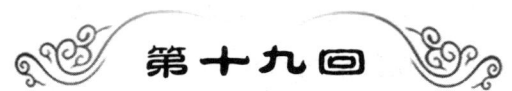

第十九回
杨元帅出征平叛逆
安化王妙计取巩昌

　　次日一早，杨元帅来到大校场上，见皇上新命十二位指挥使都在阵前听命，便说道："今命徐鸣皋为中军先锋官，慕容贞（一枝梅）为行军运粮使，徐庆、狄洪道为中军左右边锋，包行恭、罗季芳为随营指挥，王能、李武、周湘帆、徐寿等为随营参将，大军九月初九启程出征。"众将领命，各做准备。

　　九月初九，旭日东升，十万将士集结在大校场上，鸣皋等十二位英雄身披盔甲，骑着战马，列队在前，威武不凡。杨元帅见众将士已齐，便说道："安化王犯上作乱，倒行逆施，今我奉天子之命，上承天意，下应民心，率十万大军前去剿灭逆贼。"众将士听罢，齐声呐喊，震天动地，火炮鸣响，大旗一挥，十万大军浩浩荡荡向西去了。

　　安化王自从作乱以来，三战三捷，秦州、兰州、庆阳都被他占领了，近日又亲率大军攻打巩昌，声势日渐浩大。巩昌知府毕云龙行伍出身，善使大刀，有万夫不当之勇，府上参军郝忠，好使长枪，为人精明，平日里两人最是谈得来。一天，毕知府正在处理公文，有差人慌忙来报说："安化王造反了，现在正率兵往巩昌来。"毕知府听罢，大骂道："大胆贼王，竟敢犯上作乱,要是敢来巩昌,我定将他碎尸万段。"说罢,命人传郝参军过来,商议御敌之事。

次日一早,安化王大军来到巩昌城下。安化王见城门紧闭,便上前大声喊道:"本王今天亲率十万大军前来,要想活命,就快快出城投降。"毕云龙见那安化王就在眼前,恨得咬牙切齿,骂道:"大胆贼人,胡言乱语,你军中最多就三万人马,而且多半都是老弱残兵,今天你要是敢来攻打,我定让你损兵折将,大败而回。"安化王说道:"当今天子,荒淫无道,朝中又有宦官作乱,弄得天下民不聊生。本王今日高举义旗,替天行道,天下英豪无不归附。如今正是本王用人之际,你要是肯来投降,我便封你做个先锋将军。"郝参军还没等他说完,就大怒道:"叛贼,不要多说了,拿命来。"说罢,命人打开城门,飞马冲了出去。敌将王文龙见有人出来挑战,便飞马冲了过去,抡起大斧往郝忠头上砍去,郝忠见状,慌忙用长枪一挡,只觉着有千斤力道,直把虎口震得隐隐作痛。郝忠见他勇猛,便不和他硬拼,只是来回跑马,左右挑枪。王文龙气力虽大,身体却不灵活,再加上性格暴烈,没几个回合打下来,便被郝忠耍得晕头转向。郝忠见他势头渐弱,便使出看家本领,回马一枪,直插王文龙的咽喉。城上将士见敌将被刺,落在马下,便齐声呐喊。安化王见一大将被杀,知道难以速胜,便命人鸣金收兵。

次日,叛军准备好云梯、雷炮等攻城器具,来到城下。毕云龙在城头大声喊道:"今天谁来送死?"敌将杨立武跑马上前,说道:"休要猖狂,有胆就出来和我大战三百回合。"郝参军昨天杀了一敌将，毕云龙早就手脚痒痒，见有人叫阵，便飞马出城，杨立武见他冲杀过来，便挥起一对紫金大锤和他打斗起来。毕云龙一把宝刀舞得滴水不漏，杨立武一对大锤招招刚猛，两人战了四十多个回合，难分胜负。云龙见他刚猛难敌，便左右游走起来，杨立武连砸数锤，都落了空，便大怒道："你跑来跑去算什么英雄？"毕云龙见他大怒，便飞身跃起，猛砍一刀，正中头顶。安化王见大将被杀，怒不可遏，命众将士擂鼓攻城。那守城将士早有准备，见敌军来攻，便抛下无数滚木来，直把那攻城士兵砸得哭爹喊娘。战了半个多时辰，敌兵死伤无数，安化王见无法成功，便令人鸣金收兵。

叛军大败，安化王回到帐中，大怒道："自我出兵以来，每战皆捷，巩昌小城却连损我两员大将。明天我军攻进城去，定要血洗一番，为他二人报仇雪恨。"谋士李智诚劝说道："主公千万不要焦急，行军打仗，胜败乃兵家常事。我有一计，能取他二人首级，他二人一死，巩昌必破。"安化王说道："快快说来。"李智诚附上耳去，细细说了。安化王大喜，说道："好计。"

次日一大早，安化王便命人在城前擂鼓。城中将士怕人来袭，已一夜没有睡好，突然听见城外鼓声震天，以为贼人来攻，慌忙起身，准备开战。却见城下只有数人在不远处擂鼓，便骂道："胆小鼠辈，不敢来战，却要吵我美梦。"说罢，又坐下去，打起盹来。一连几天，天天如此，城中将士听见鼓声，也不去看，只笑着说道："又来吵我休息了。"毕云龙见敌军天天袭扰，将士多有疲惫，便说道："敌兵天天袭扰，是想疲惫我军,他日便可出其不意地攻进城来。"郝忠说道:"今夜我们何不去烧了他的营寨?"毕云龙说道:"好计策。"

入夜,月色昏暗,毕云龙、郝忠亲率一千精兵暗自出城。不久,来到叛贼营前,只见营前守卫来回巡视,营中主帐灯火通明。毕云龙大喊一声,飞马上前,一刀一个,把那巡夜人杀了,便直往里头冲去。突然一声巨响,毕云龙连人带马落进陷阱里去。众将士见主将被困,都来相救。就在此时,营房四处号角齐鸣,敌将领着大队人马从四面冲杀过来,郝忠见状,知道中计,转身要跑,却被敌将吴方杰一枪刺下马来。余下将士见大势已去,便往城中跑去,敌兵便在后面追赶。来到城下,逃命回来的兵将慌忙叫人开门,守城将士见兵将回来,也不细看,把门打了开来,贼军见门大开,一阵冲杀,便把城中余兵杀去大半,其余士兵见大势已去,便放下兵器投降。安化王进入城中,三令五申,却也对民秋毫无犯。

巩昌城民勤物丰,又有高墙深池,要是一心死守,倒也难攻。安化王自进城后便命人加固城防,又派人去各处招募兵士。谋士李智诚说道:"此处城池虽然坚固,却是孤城,想要高枕无忧,还要占了宁远、西和两城才好。到时三城在手,互作掎角之势,远可攻近可守。会宁、安定、通渭等城便可不攻自破。"安化王说道:"言之有理。"说罢,传大将左天成、吴方杰帐中听令。次日两人各带三千人马分袭宁远、西和,便不细说。

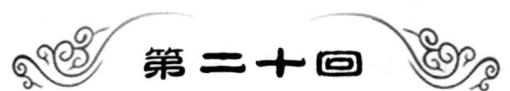

第二十回
徐鸣皋设计救宁远
一枝梅妙计破西和

　　杨元帅大军走到半路，突有探子来报，说巩昌失守，知府毕云龙、参将郝忠已经殉国，敌军正兵分两路直取宁远、西和两城。杨元帅见情势危急，便召集众英雄商议道："现巩昌已失，宁远、西和也危在旦夕，要是这两城也让贼人占去，就不好对付了。我想分兵三路，一路援救宁远、一路援救西和，本帅亲率大军直取巩昌。"徐庆说道："此计很好，要是再派一路兵马前去攻打安化，那就更好了。安化是贼人老巢，要是去打，贼人肯定来救。到时候就可以在路上设伏，杀他个片甲不留。"杨元帅说道："言之有理，不知派谁去好？"徐庆说道："末将愿往。"杨元帅大喜，即令徐庆带兵三千，罗季芳为副将，前往安化；又命徐鸣皋率三千精兵援助宁远；一枝梅、王能率三千精兵援助西和。

　　宁远知县郭汝曾听说巩昌府失守，便和城防守备赵尔锐商议道："巩昌已失，贼人必然分兵来取宁远，须早做防备。"赵守备说道："现在贼势正盛，要是和他交锋，恐怕难以抵挡，不如在城中坚守不出，等朝中大军前来。现城中粮草充裕，足以用上一年。"郭知县说道："我也正有此意，你赶快传令各营房,加固城墙,准备坚守。"赵守备得令,来到城头,下令众将士多备檑木炮石等作战之物,准备死守。

次日晌午,有探子送来一信。郭知县打开一看,却是徐鸣皋送来的,信中说杨元帅大军已到宁夏,得知安化王分兵来取宁远,便派先锋徐鸣皋、周湘帆、徐寿带领三千精兵来援宁远,过几天就可到达。郭知县见信大喜,命人带那探子下去吃饭。就在此时,又有一探子前来报道:"贼军离城三十里,不用多久就会来攻城了。"郭知县听罢,带领众将前往城头巡视。此时城上兵士严阵以待,各种战具都已备齐。赵守备见郭知县前来,便说道:"探子来报,贼人离城只有三十里了,估计再过三个时辰就要来攻了。"郭知县说道:"杨元帅已派中军先锋徐将军率三千人马前来援救,很快就到,我们只要守住几天就好。贼军攻打不下,又有徐将军援军前来,到时前后夹击,必然大败。"赵守备说道:"到时我再带兵杀出城去,定能大破敌兵。"

傍晚,叛军来到城下,敌将左天成喊道:"我奉安化王之命来取宁远,你们快快出城投降,也可保全性命,要是负隅顽抗,到时少不得玉石俱焚。"郭知县说道:"尔等鼠辈,犯上作乱,行不义之师,来此送死,不如快快放下手中兵器,我也可上书朝廷为尔等保住性命。"左天成见郭知县不肯投降,便命人点响号炮。号炮一响,叛军便抬着云梯,冲上前来。守城将士见贼人纷纷冲上来,便抛下无数檑木、乱石来。敌兵顿时死伤无数,左天成见城中有防备,便命人鸣金收兵。

徐鸣皋率领先锋人马,日夜兼程,没几天就到了宁远境内。突有探子来报："敌将左天成昨天已经攻城，郭知县坚守不出，敌兵无功而返。"鸣皋听罢，命所部人马星夜赶路，次日一早，大军在离城二十里外扎下营寨。左天成首战失利，次日备好雷炮等攻城利器，亲率全军人马又来攻城。

中午时分，两军交战，只听雷炮轰鸣，杀声阵阵。徐鸣皋知叛军正在攻城，便亲带一千人马，前去抄后。左天成见朝中援军来袭，便分出一半兵马迎战。鸣皋见敌军已有防备，就飞马上前说道："我是先锋将军徐鸣皋，你们要想活命，快快下马投降。"左天成见他勇武不凡，便上前说道："我看你也是个人物，当今圣上荒淫无道，你要是肯投过来，我保你做个将军。"鸣皋说道："安化王犯上作乱，欲图不轨，你们听命于他，四处杀伐，弄得民不聊生，他日兵败，必死无葬身之地。"左天成大怒道："无须多言，来战就是。"说罢，挥起大砍刀飞马过来。鸣皋见他来战，便也冲杀过去，两人刀枪挥舞，化作无数光影，一连打了四十多个回合。两边将士见两人打得精彩，便高声呐喊，擂鼓助威。左天成知逢对手，又战了十多个回合，便说道："天快黑了，我们明天再战。"说罢引马回营去了。

次日，二人再战，难分胜负，各自回营。鸣皋说道："左天成勇武非常，又有智谋，要是再战，也难取胜。"周湘帆说道："我有一计可抓住他，明日再战，假装落败，引他来追，我带五百刀斧手埋伏在土墩后，只要他过来，就可以抓住。"鸣皋说道："好计策，明天我就去引他出来。"

来日再战，鸣皋和左天成战了几十个回合，便故意卖了个破绽，假装落败，飞马便跑。左天成见他要走，心想：落败是假，引我前去追赶是真，先去看看再说。主意已定，便飞马追赶过去，追了几里地，见鸣皋跑进一土墩，左天成停下马来喊道："你这小儿，想伏兵抓我，却也可笑。"说罢，调转马头，飞马回营去了。周湘帆见计策被他看穿，便收兵回营。

郭知县在城头上看见鸣皋落败而去，心中焦急，不多时又见左天成回来，更是不安。入夜，突有一箭射入城来，上附一信。郭知县展开一看，却是徐鸣皋送来，只见信中写道：敌将勇猛难敌，连战几天难胜，要是再战，恐怕要拖延时间，到时敌人援兵到来，就更难取胜，如今只能速战速决，明夜三更，你我全军出动，直捣贼营，必可全胜。郭知县看罢大喜，急忙写好回信，让人送去。

徐鸣皋、周湘帆、徐寿商议明夜决战之事，鸣皋说道："明夜全军出动，敌军必败。左天成勇猛非常，要早做准备，免得被他逃脱。"周湘帆说道："只要在他逃走的路上设下伏兵、绊马索，便可擒拿。"鸣皋说道："明夜兵败后他肯定往青草岗跑去，你带五百刀斧手埋伏在那里，等他过来，你就带人上去把他抓住。"鸣皋又对徐寿说道："明天一早，左天成定来挑战，你在阵前抓几个小兵回来，夜里换上他们的衣服，潜伏到敌营里去，等到三更天便四处放火。"两人领命，各去准备。不多时有人送来郭知县的回信，信中说此计甚好，明夜三更便亲率全城将士出城来战。

次日，左天成来战，鸣皋迎战，两人大战三十多个回合，不分胜负，各自鸣金回营。时近黄昏，周湘帆带着五百刀斧手前往青草岗设伏,徐寿带着几个小兵,换上敌兵衣服,趁着夜色潜伏到敌营里去。夜到二更,众将士吃饱了饭,悄悄地前往敌营。徐寿等人到了三更天便在贼营四处放火。左天成此时已经睡去,突然听见有人喊叫,又见营中火光冲天,便慌忙起身穿衣戴甲。此时,又听见大营外大队人马飞奔过来,顿时杀声震天。左天成暗叫一声:"不好。"抛去战衣,提起大刀,飞身出帐。只见外面火光冲天,又有无数兵马砍杀进来,便大叫一声,上前厮杀起来。徐鸣皋见他来战,便飞马上前,和他打斗起来,两人一连战了三十多个回合,难分胜负。那营中敌兵,本在酣睡,突见来袭,慌忙迎战,自是手忙脚乱,不多时便被砍杀了大半。左天成见大势已去,便飞身上马,想要逃走。徐寿见状,连忙拉起弓来,飞射一箭,正中马腿,那战马被箭射中,飞扬起前蹄,把左天成抛了下来。鸣皋见他落下马来,便飞身上前,用枪顶住他的咽喉,众兵士上前将其捆绑了起来。敌兵见主将被俘,便纷纷丢下兵器投降。周湘帆在青草岗直等到四更天,不见有人来,便收兵回营。

一枝梅、王能率领三千人马援救西和,才到半路,西和就已失守。援军又走了几天,在离城十里外扎下营寨。次日,一枝梅领兵前去攻打,敌将吴方杰见援军来攻,便打开城门,飞马杀了出来。一枝梅见他引马来战,便提起钢刀和他打斗起来。吴方杰勇猛异常,两人打斗了三十多个回合,也难分胜负。一枝梅见他勇猛,便不和他正面砍杀,只是施展轻功和他周旋。吴方杰见他忽左忽右,踪影不定,十分难受,却也无法,只得用长枪左右抵挡,不多时便被一枝梅看出破绽,一刀砍杀下去,直把马腿砍了下来,吴方杰失了战马,慌忙逃回阵中,命人鸣金收兵。

来日,一枝梅前去叫阵,吴方杰躲在城里不出。一枝梅便下令攻城,只是西和城墙高大坚固,又有无数檑木、乱石落下来,不一会,将士就死伤了数百人,一枝梅见状,慌忙命人鸣金收兵。第四天,一枝梅又去叫阵,吴方杰还是不出。众将士在城下叫阵,起先军容还算整齐,到了午后,大家便没了精神,散乱起来。到了第五天,众将士干脆盘坐在地上,或脱去盔甲,或聊天,那叫喊的声音也有气无力。一枝梅也脱去战衣,坐在一四轮木车上,大声谩骂。吴方杰见状,笑道:"我本以为他们很厉害,今天看来,也不过如此。"说罢,便亲领城中将士冲杀出来。一枝梅见他杀出城来,便故意败逃而去,一路丢盔弃甲,来到城外树林里。吴方杰见官军落荒而去,便大叫道:"快快追杀,一个不留。"众敌兵奋力厮杀,一路追到树林边,突然听见一声炮响,只见无数人马从林中冲杀出来。吴方杰知道中计,慌忙命人鸣金收兵,却已来不及了,一阵厮杀过后,只带了几个残兵跑回城里去。

吴方杰大败后,便紧闭城门,任你如何引诱也不出战,要是去攻,他便从城上抛下檑木、乱石。一枝梅见攻打不下,便对王能说道:"今夜我去城中,暗做内应,明日一早我发三声号炮,你便率军攻城。"王能领命前去准备。

入夜,一枝梅飞身入城。来到街上,见一更夫,上前制住,问道:"县衙在哪里?"更夫说道:"就在前面大街边,往前过两个街口就是。"一枝梅把他捆绑了,藏在一房内,便往前找去。过了两个街口,来到衙门前,飞身上房,来到后院,见房内烛光明亮,便潜伏过去,点破窗纸,只见吴方杰穿着战衣靠在太师椅上睡着了。一枝梅轻轻将门推开,飞身上前,一刀砍去,顿时血溅四处。他扯来桌布,把头包了,飞身来到城上。此时天色大白,城上士兵多半还在酣睡。一枝梅点起号炮,只听三声巨响,王能领着将士,架起云梯,冲杀上来。一枝梅在城上用一旗杆挑起吴方杰的人头,大声喝道:"你家主将已被我砍杀,人头在此,还不快快投降。"城上士兵见主将已死,有人便丢下兵器来降,也有几个跑下城楼去,开启城门。那些负隅顽抗的,一枝梅便切瓜一般地砍杀起来。那些个不肯投降的兵将见他如此勇猛,也就贪生怕死起来,纷纷抛下手中兵器,跪伏在地上。

　　一枝梅里应外合攻占了西和,一连几天,城中百姓欢天喜地。一天,杨元帅传来将令,命一枝梅带兵前往巩昌和大军会合。一枝梅领命,率兵往巩昌去了。

生擒左天成

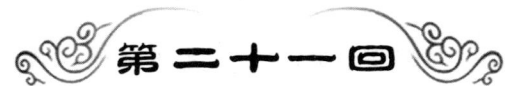

第二十一回
仇钺阵前弃暗投明
众英雄大破巩昌府

　　徐庆、罗季芳率领三千人马，在安化城外十里扎下营寨。次日一早，徐庆就带兵来到城下索战。城中守将仇钺是一员老将，见徐庆前来叫阵，便说道："你这黄毛小儿，怎不知安化是我王根本所在，城防坚固，粮草充足，别说你区区三千人马，就是三万大军前来，也未必攻得下来，还是快快回去，免得白白送死。"徐庆说道："你这老匹夫，悖逆朝廷，今天还要口出狂言，说什么城坚粮足，我看你是贪生怕死，要做缩头乌龟。"仇钺听罢，大怒道："无耻小儿，仇爷爷让你尝尝厉害。"说罢，命人放下吊桥，飞马出城，徐庆见他出来，便上前打斗，一连战了十多个回合，仇钺便觉气力不支，虚晃了一斧，落荒而跑，徐庆便策马追去，一连跑出二十余里。来到一破庙前，仇钺停下马来，说道："不要再追了，我有话说。"徐庆说道："你有什么话？快快说来。"仇钺说道："我乃三朝老臣，世受天恩，也知忠义二字，那安化王犯上作乱，我今天留在他军中，便是为了来日好做内应，报效朝廷。"徐庆说道："我久闻你英雄仗义，该不会做这叛逆之事，今天我来攻城，你为什么不率众投降？"仇钺说道："我虽是军中大将，怎奈那老贼防我,兵权并不在我手中,只有三千兵马是我的亲兵,愿听我号令。"徐庆说道:"将军有何打算?"仇钺说道:"现朝中大军已将巩昌团团围住,安化王支撑不住,必派人来搬救兵,那时我亲带兵马假意前去营救,来个里应外合,巩昌便可大破。巩昌一破,大军挥师来攻安化,便可破城。"徐庆说道:"就听你的,我先回去,每天假装来攻,好让那城中贼人不起疑心。"说罢,徐庆飞马跑在前面,装作受伤,仇钺在后紧追,来到城下,徐庆大声喊道:"我已受伤,快快救我。"众将士慌忙上前营救,仇钺见人来救,就上前砍杀了几个,回城去了。徐庆回营,将仇钺之计写在信中,差亲信送去杨元帅帐中。

安化王得知分兵宁远、西和两路兵马大败,便和李智诚商议道:"官军大败我两路人马,左将军也被擒了,却该如何是好?"李智诚说道:"官军先锋人马已到好几天了,我想杨一清的大军也快到巩昌了,如今只能乘敌军刚到,立足未稳,就和他决战,这样才有胜算。"安化王说道:"杨一清麾下是些什么人物,如此厉害,连左将军也打不过他们。"李智诚说道:"听说是一班江湖中人,先前在江西和宁王对峙,朝廷见他们骁勇善战,便收编在军中,一共有十二人。"安化王说道:"我本料朝中已无大将,杨一清那老匹夫虽然厉害,却是独木难支,没想到他招来一群虎将。"正在此时,探子来报:"杨一清所部大军十万人马,在城外三十里扎下营寨。"安化王大惊,忙命众将前来商议对策。众将前来,都要请战出击,大将军王文龙说道:"敌军刚到,立脚未稳,我带兵前去攻打,定可获胜。"安化王说道:"就按将军所说,速点三千兵马,前去挑战。"众将领命而去。

众敌将来到官军营寨前擂鼓索战。杨元帅见敌将前来索战，便问道："谁去接战？"杨小舫说道："末将去会会他。"说罢，飞马过去，大声喊道："大胆逆贼，我不找你，你倒来送死。"敌将高铭叫道："废话少说，来打就是。"说罢，举起手中双锤猛打过来，小舫见状，侧身避了过去，回身猛砍一刀，高铭用锤一挡，将刀抵挡开去。两边将士见他二人在场中大战，便高声呐喊，以振军威。两人战得正酣，敌营突然鸣金收兵，高铭虚晃一锤，转身回阵里去了。高铭回到阵中，问道："胜负未分，为什么收兵？"安化王说道："将军勇武，我见你战了四十多回合了，一时也难分胜负，便先叫你回来。"高铭说道："我有一计，可活捉了他。"安化王说道："什么计策？"高铭说道："明天再战，等末将和他战得正酣时，王爷就鸣金收兵，我保管把他抓回来。"

次日，杨小舫出营挑战，高铭见他前来，便策马上前迎战，两人一连打杀了三十多个回合。突然敌阵鸣金声响起，高铭虚晃一招，转马就回。杨小舫不知是计，飞马追杀上去，直入敌阵，突然又是一阵金鸣，那敌兵转过身，迅速地冲杀上来，将他团团困住。杨小舫知道中计，便狠命地厮杀起来，只是敌兵太多，怎么也冲不出来。正在此时，有一人突然冲杀进来，大喊道："杨贤弟，我来帮你。"杨小舫见鸣皋飞马杀了过来，便说道："多谢哥哥。"两人一阵厮杀，连砍一百多个敌兵。高铭见有人来救，便去迎战，却被鸣皋一枪刺中，负伤跑了。众敌兵见将军受伤，便纷纷撤回城里去了。

　　两人回营，杨元帅见鸣皋回来，大喜。此时一枝梅也到了营中，杨元帅便向两人细细询问了宁远、西和两地情况，又设宴为两人庆功。鸣皋说道："我在宁远擒了敌将左天成，请元帅发落。"杨元帅说道："明天阵前砍头示众，以振军威。"

　　来日，大军来到城下，杨元帅大声喊道："安化王，你坐镇西北，深受皇恩，却不知报效，今日叛乱，祸害天下，我奉天子之命亲率十万大军，将你等一并剿灭。"安化王说道："我夺朱姓天下，和你有什么关系？如今天子荒淫无道，你不如投我麾下，他日我大殿登基也好封你为王。"杨元帅说道："无须多言，今天阵前，我就杀你大将，以振军威。"说罢，命人押左天成来到阵前，大刀一挥，人头落地。安化王见状，大怒道："杨一清，你这老匹夫，我和你誓不两立。"说罢，便要上马来战，敌将刘杰见王爷要战，便飞身上马说道："这等小人，何必王爷亲自动手，小将去杀了他就是了。"说罢，飞马冲出城来。

　　周湘帆见敌将出城来战，便引马上前，说道："左天成刚刚被杨元帅砍了头，你还来送死吗？"刘杰怒喝道："废话少说，还不知道鹿死谁手呢。"说罢，猛刺一枪，周湘帆用枪一抵，挡了回去，刘杰回枪再刺，湘帆侧身避开，两人你来我往，战了二十多个回合。一枝梅见湘帆不能取胜，便来助战，敌将王文龙见他前来，便飞马上前，和一枝梅打斗起来。刘杰和湘帆又战了十多个回合，便觉气力不支，转身要走，周湘帆哪里肯放过他，紧紧追着，刘杰见他追得紧，就从腰里掏出一颗弹子，反身猛打一弹，正中面门。周湘帆中弹落下马来，众士兵见状，舍命将他救回。一枝梅见湘帆落地，大怒，大刀猛地朝王文龙砍去,王文龙侧身躲过,却中马腿,那马负伤一路狂奔,跑回阵去。一枝梅见湘帆伤得很重,就回到阵中,又取出丹药为他敷上,哪知道这弹太毒,没过多久湘帆就满脸发紫,一枝梅慌忙命人把他抬回营中去。

次日,王文龙前来索战,一枝梅提刀上马,和他打斗起来。王文龙是安化王麾下第一猛将,丈八蛇矛使得出神入化,有万夫不当之勇。一枝梅见他凶悍,便不和他硬拼,只是施展了轻功和他周旋,两人你来我往,大战了四十多个回合。徐鸣皋见他一时不能取胜,便飞马上前助战。敌将温世保见鸣皋来战,便挥舞钢叉,直杀过来。鸣皋挥枪猛刺,正中腿上,温世保落下马去。徐鸣皋正要上前补上一枪,结果了他性命,却被王文龙赶到,用丈八蛇矛挡了开去,敌兵见状,冒死上前,把温世保救了出去。徐鸣皋、一枝梅和王文龙大战起来,只见刀枪飞舞,战马嘶鸣,斗了一百多个回合,也难分胜负。众将士见三人神勇,各为主将喝彩。王文龙见不能取胜,便大喝一声,那声音喊得地动山摇、鬼哭神嚎,直把鸣皋和一枝梅的战马吓得惊乱起来。王文龙见状,提起长矛朝鸣皋猛刺过来,正中右腿。一枝梅也趁王文龙分神,朝他右腿上猛砍一刀。王文龙负伤,不敢再战,飞马回阵去了。

徐鸣皋回帐,脱去铠甲,敷上刀伤药,就好了很多。周湘帆中了毒弹,一直昏迷不醒,众英雄见他伤得很重,却也没有办法。就在此时,有小兵上前报道:"营外有一道人求见。"鸣皋说道:"定是师伯来了。"说罢,出帐迎接,只见鷃寄生正在营前等候。鸣皋上前拜过,将他请入元帅帐中,杨元帅说道:

"不知仙师到来，有失远迎。"鹩寄生说道："山野之人，怎敢有劳元帅大驾。"两人客气一番，又喝了一会茶。鹩寄生问道："湘帆在哪里，为什么不来见我？"鸣皋说道："他被贼人暗器伤了，正昏迷不醒。"鹩寄生说道："快带我去。"说罢，随众英雄来到偏帐，只见周湘帆面色发紫，眼睛紧闭。鹩寄生见状，便从小葫芦里取出一颗红色丹药，用水化开，亲自给他服下。过了一会，周湘帆醒了过来，吐出一口黑血。众人见他醒来，都很高兴。湘帆见师父在边上，便说道："您老人家几时来的？"鹩寄生说道："你先不要多说话，小心静养几天才会好。"

杨元帅见鹩寄生神通，便想留他在帐中，鹩寄生说道："我乃山野中人，闲散惯了，如今元帅帐下英雄众多，足够用了，只是敌将周昂不好对付，此人武艺高强，智谋深远，千万要小心。"杨元帅见留不住他，便说道："多谢仙师提醒，不知该怎么应对才好？"鹩寄生说道："他日自有人前来相助。"说罢，化作一道白光去了。

两军一连大战了几天，各有损伤，王文龙见久战难胜，便对安化王说道："两军久战，难分胜负，对我军很是不利。我有一计，明天命人在城外树林里埋伏起来，我去迎战，故意装作败落，将一枝梅引到城下，必能将他杀了。"安化王说道："贼人善用诱敌之计，此计虽好，只怕瞒不过他们。"王文龙说道："一枝梅性格暴躁，容易动怒，明天我用话去激他，他必定中计。"

次日两军再战，王文龙和一枝梅大战了三十多个回合，便故意落败，引马跑去。一枝梅见状，笑道："小儿之计，也来骗我。"王文龙见他不来追赶,便说道:"我前方是有伏兵,你这贪生怕死的家伙,我早就知道你不敢追来。"一枝梅听罢,大怒道:"老匹夫,就是刀山火海我也不怕,区区几个伏兵算个屁。"说罢,策马追赶上去,两人一前一后,来到城下。突然城上号炮响起,一枝梅知道中计,调转马头便要往回走,却见敌军两将带着一千多人马从树林里冲杀过来,一枝梅只得挥刀迎战,左突右击,却也冲杀不出去,便心生一计,假意从马上跌落下来。敌将薛文耀见状,飞身上前,要一刀结果了他性命。一枝梅见他靠近,便飞身上来,一刀将他砍杀。敌将魏光达见状,引马便跑,一枝梅见他跑去,便奋力砍杀,敌兵纷纷倒下。王文龙见状,便又冲杀回来和一枝梅打斗起来,此时包行恭、徐寿也飞马杀到,三人会于一处,大战王文龙,王文龙哪里抵挡得住。安化王见状,慌忙命温世保、高铭、孙康出城接应。三人见敌兵前来救助,便不恋战,朝那阵外厮杀了一阵,冲了出去。

王文龙设计不成,反招大败,便要自杀,安化王说道:"今天兵败不是你的错,怪就怪贼人太厉害了。"李智诚说道:"将军千万不要自责,胜负乃兵家常事,我有一计,能把杨一清擒住。"安化王说道:"军师何计?"李智诚说道:"我送一封信给杨一清,就说我想投靠过去,为表忠心,愿作内应,明天晚上大开城门,迎大军进来。杨一清见信,肯定信我。"安化王说道:"果然好计。要是杨一清那老匹夫敢来,就把他困在瓮城中,用箭把他射杀。要是他死了,其他人马也就容易对付了。"商议已定,李智诚便命一心腹小兵连夜送信到杨元帅帐中。杨元帅见信，便说道："你回去告诉你家军师，就说信中意思我已知道了，叫他多加小心。"来人回去复命，将杨元帅的话复述了一遍，李智诚和安化王大喜，便命偏将魏光达带五百刀斧手埋伏在月城里。又命老将温世保、高铭各带两千兵马，暗自出城，明夜三更，等官军来攻，便去劫营。再命孙康、刘杰诸将明天大战一定要奋力杀敌。众将领命，各自准备去了。

杨元帅送走信使后，便传来众将商议道："今夜李智诚来信，暗约本帅明夜三更前去攻城，他愿为内应。"张永说道："敌军败了好几场了，他担心安化王不久就要落败，所以才肯投靠过来，真是个见风使舵的家伙。"徐鸣皋说道："就怕有诈，何不将计就计？"杨元帅说道："我已答应他明夜三更前去攻城，要是他真心来投，那就最好，要是他敢使诈，我也不怕。我先派两个人进去做内应，你们谁愿意去？"一枝梅和包行恭二人答道："末将愿往。"杨元帅大喜，说道："有二位前去，大事可成。"鸣皋说道："要是敌兵有诈，我料他明夜必来劫营。"杨元帅说道："他要是敢来，我叫他有来无回。"于是命狄洪道、杨小舫带三千人马埋伏在大营两侧。又命周湘帆、王能、李武三人各带两千人马在城外接应。

一枝梅和包行恭带着几个小兵混入城中隐伏起来，天黑入夜就去各处刺探。一枝梅、包行恭见东门月城内有五百刀斧手埋伏在那里，便手提单刀，潜伏进去，四处放起火来。敌将魏光达见营房起火，便知事情不对，忙命那五百人马杀了出来。一枝梅高声喝道："你们这点小伎俩早被我家元帅看穿了，还不快快投降，也好保住性命。"说罢，便用力厮杀起来，敌兵见状，顿时惊慌失措，四处逃散开去。包行恭见敌兵混乱，直冲杀到城门前，打开城门，杨元帅见城门大开，便点响号炮，大军蜂拥而入。魏光达见杨元帅在前，便手持长枪冲杀上来，徐鸣皋见状，飞马过去，一枪将他刺下马来。

安化王见势不妙，顿时慌张起来，李智诚说道："主公快上马，先逃出城去要紧。"说罢，慌忙扶他上马，王文龙、孙康、刘杰三人跟在边上，直往西门跑去。来到西门，只见门外火光一片，官军大队人马正朝门前冲杀过来。众人眼看西门已经无法出去了，便又往北门跑去，来到北门，只见包行恭杀上前来，孙康慌忙挥枪前去厮杀。王文龙、刘杰、李智诚三人又带着安化王急忙向南门跑去，来到南门，却见徐鸣皋手持长枪冲杀过来，王文龙见状，说道："主公，快把衣服脱了，混到百姓里去，保命要紧。"三人慌忙脱去衣服，混入逃命的人群里，出南门去了。王文龙见主公已走，便往门外杀去，徐鸣皋见王文龙要走，哪里肯放，飞马追上前去就是一枪，王文龙心中一慌，招架不及，被刺中腰上，掉下马来。

安化王出城，一路往兰州方向跑去。走了一夜，快到天亮时，来到一破庙前，三人进去休息，李智诚说道："这里也不安全，不好久留。"安化王说道："跑了一夜，累死了。"就在此时，突然听见有两人进庙来，三人顿时被吓得魂飞魄散。刘杰一看，却是温、高两位将军，便问道："你们不是去劫营了吗？怎么跑这里来了？"温世保说道："一言难尽，差点送了性命。"高铭说道："要不是军师的狗屁计策，我们也不会败得这么惨。"安化王说道:"都是本王无能,不要再怪军师了。"李智诚听罢,含泪说道:"都怪我想得不够周全,被杨一清那老贼利用了去。"安化王说道:"这里也不能待得太久,我们这就走吧。"说罢,起身和众人出庙来,只见前方来了二三百个残兵,又有十几匹战马,众人上了战马,往兰州飞奔而去。

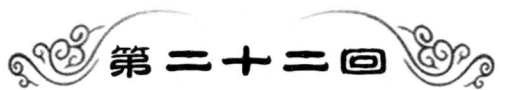

第二十二回
周昂妙计困守大军
众英雄凯旋回京师

官军攻打巩昌大获全胜,众将军一起商议军中大事,杨元帅说道:"这次大战,各位将军功劳不小,我会上书朝廷,褒奖各位,安化王现在逃往兰州去了,大军先在此休整半月,再去攻打兰州。"众将军领命拜谢。鸣皋说道:"这次大战,伤亡很大,城中到处都是难民,还请大帅命人打开官仓,赈济灾民。"杨元帅说道:"我也正有此意。"说罢,命鸣皋、一枝梅负责城中赈济之事。正在此时,徐庆、罗季芳也回到巩昌,将仇钺的计策禀告杨元帅,杨元帅听罢大喜。

众将士安置好伤兵,开仓赈济了难民,又休整了十多天。杨元帅说道:"大军前去兰州,这里要有一个人留守。"张公公说道:"鸣皋稳重老练,最合适。"杨元帅说道:"我也正有此意。"鸣皋说道:"我一直在阵前打仗,要说管理地方,我怕不能胜任。"杨元帅说道:"不要再推辞了,巩昌是甘陕重镇,事关全局,有你留在这里,本元帅才能放心。"鸣皋说道:"元帅信任,我定当竭尽全力,不负元帅重托。"又过两天,大军休整已毕,便开拔启程,向兰州进发。

过几天,官军来到兰州城外三十里扎下营寨,又命探子前去城中打探。安化王逃到兰州城中,周昂说道:"王爷来此,只管安心住下,那官军我自能对付。"安化王大败而来,惊魂未定,只是说道:"有劳将军了。"过几天,大军来到兰州,主将周昂说道:"官军已经在城外三十里扎下营寨,明天就要开战了。"安化王说道:"来得真快,你快点做好准备。"周昂说道:"我早就准备好了,官军连战连胜,明天要是前来攻打,我就故意输给他,一连输他几次,让他觉得兰州城中已无兵马,他就会全军出动,占领兰州城,等他兵马进城,我就带领伏兵把兰州城团团围困,城中粮食缺少,不要半个月就能把他困死。"安化王赞道:"周将军深谋远虑,果然名不虚传。"

次日,杨元帅令一枝梅率二千精兵前去挑战。周昂见官军来战,便骑着一匹瘦马出城,慢悠悠地来到阵前,喊道:"你这乳臭未干的小儿,老夫不和你动手,快快回去,叫你家元帅上阵来。"一枝梅说道:"你是什么人?居然口出狂言,我家元帅怎么会和你来打?"周昂说道:"我就是兰州守备周昂,你要来送死,我就成全了你。"说罢,飞马上前来战,一枝梅听说是周昂便不敢大意,挥起大砍刀,小心应付,两人你来我往,大战了四十多个回合。周昂年老,打斗久了就觉着气力不足,差点被一枝梅砍下马来。敌将见周昂打不过,就朝一枝梅飞射一箭,说道:"我家将军年老,打不长久,今天先收兵了,明天再来打过。"说罢,鸣金收兵。一枝梅本来想追赶过去,见有一支箭飞射过来,只好侧身躲避,再要去追时,周昂已经回到阵里去了。

一枝梅回营,杨元帅问道:"你觉得周昂怎样?"一枝梅说道："我看有点古怪，上次师伯说周昂很是厉害，难以对付，今天交战却恰恰相反，难道这里面有诈？"杨元帅说道："这人肯定不一般，还是小心点好。"一枝梅说道："兰州城高墙厚，很难攻打下来，要是每天叫阵厮杀，不知道什么时候才能打下来。"杨元帅说道："我有一计，明天我就派徐庆到安化，调仇钺过来，就说是来援助兰州的，安化王肯定会相信，到时候再让仇钺把安化王抓住，安化王被抓，周昂就好对付了。"徐庆说道："妙计，明日我就去。"次日，徐庆带着杨元帅亲笔书信，前往安化。

来日，一枝梅出战，敌将刘杰前来迎战，斗了几个回合，落败而去。一连几天都是这样，杨元帅觉得很奇怪，但是也看不出对方要耍什么诡计。每次对阵，城中百姓就逃出很多来，将那百姓带到营中仔细询问，都说城中只有几千兵马，多是老弱残兵。杨元帅怕其中有诈，又派探子潜入城中，仔细打探一番，探子回报也说城中只有几千兵马，大多是老弱残兵。

又过几天，一天一大早就从城中跑出许多百姓来，叫来询问，都说："安化王知道周昂人马快守不住了，昨天晚上就偷偷地逃回安化去了。"杨元帅听了，觉得可疑，便派徐庆、周湘帆进城打探消息。到了中午，两人回来都说城中已经没有敌人了。杨元帅还是不放心，又叫一枝梅连夜潜入城中，看看到底有没有兵马。次日一早，一枝梅回来说道："城中确实没有兵马了。"杨元帅这才放心，于是命令三军开进城去。

周昂探知官军都已入城，便说道："杨一清，你这老匹夫，没想到你也有今天，我让你有进无出，活活困死在兰州城中。"说罢，便号令潜伏在城外的数万人马四面出击，将兰州城团团困住。杨元帅听贼军号炮四起，猛然醒悟，说道："唉，中计了。"众将见贼人把兰州城团团困住，便纷纷来到帐前，请求出战。杨元帅说道："城里粮草只够几天了，要是不及时突围，就要被活活困死，大家分头准备，明天就冲出城去。"众人领命，分头准备。

次日一早，大开西门，众将带着上万人马一起冲杀出去，只见城外贼营旗帜密布，到处都是路障、陷阱。敌兵见城中人马冲杀出来，便飞箭乱射。众将无法，只得小心躲避，挥剑抵挡，等贼箭过后，便又狠命地冲杀起来，厮杀了好一阵子，却也只前进了半里。杨元帅在城头上见前面敌兵重重，众将无法冲杀出去，便命人鸣金收兵。

众将突围没有成功，回到营中，杨元帅说道："今天突围，敌兵太多，大家虽然猛冲了几次，也没成功。"张永说道："今天我军虽然困在城里，可众将军都在，军中士气高昂，怕他做什么？"杨元帅说道："城中粮草没几天好用了，要是不能很快地突围出去，到时粮草没了，军心就要大乱。"张永说道："徐将军到安化好几天了，估计就要回来了，到时候他和仇将军一起回来，来个前后夹击，杀他个片甲不留。"一枝梅说道："明天我们就从西门和南门一起冲杀出去，我带三千人马在西门虚张声势。其余人马从南门死命地往外冲，我就不相信他真的是铜墙铁壁，冲不出去。"

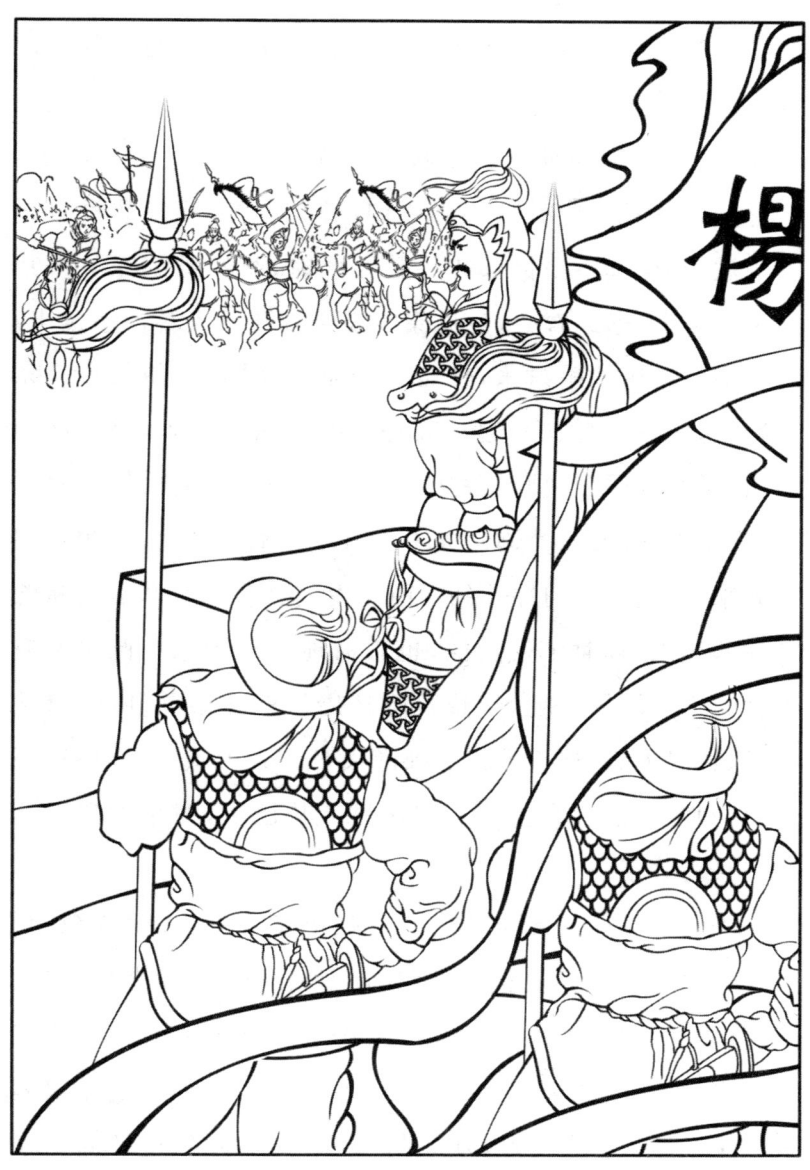

官军被困兰州城

119

次日,一枝梅从西门冲杀出去,敌兵便四处合围上来,把三千人马团团围住。一枝梅见敌军人多势众,便也不往外冲杀,只是四处出击,胡乱砍杀起来。敌兵见他凶悍,便四处躲避,不敢和他正面冲突。一枝梅见贼人畏惧,便大声喝道:"不想送死的快快离开,小心你们的狗头。"敌兵虽然没有四处逃散,却也军心涣散起来。就在此时,突然听到阵外一片厮杀声传来,远远看去,只见徐庆正带着几千人马冲杀过来。一枝梅见徐庆冲杀过来,便也往外杀去,没多久便杀出一条血路来,两军会合在一起。敌将刘杰见徐庆杀来,便上前迎战,打了两个回合,便被徐庆一刀剁下马来。敌兵见腹背受敌,将军被杀,便四处逃命去了。官军见敌军慌乱,便狠命追杀起来,一直从西门冲杀到南门。南门将士见大队人马从侧翼冲杀过来,顿时士气大振,也狠命地厮杀起来。此时又有人大喊道:"周昂已死,快快投降。"周昂就在眼前,听见官兵乱喊,顿时大怒,连杀数人。那敌兵听有人大喊周昂已死,便信以为真,纷纷逃命去了。周昂见大势已去,便率领残兵逃往玉泉营去了。

安化王见周昂带着几十个残兵落荒而回,大惊失色,说道:"将军怎么如此狼狈,这可如何是好?"周昂无奈地说道:"敌将勇猛,到处砍杀,将士抵挡不住啊。"安化王说道:"本王自从出兵以来,战无不胜,攻无不克,没想到杨一清这个老匹夫一来,让我连战连败,损兵折将,落得如此田地。"周昂说道:"现在也没什么办法了,只有等仇钺带救兵到来,再和他们决一死战。"

过两天,仇将军带三万人马来援兰州,安化王得知援军很快就到,就差李智诚前去迎接。李智诚来到仇钺军中,仇钺假装生病,用被子蒙着头,问他些战事情况,李智诚一一说了,就回玉泉营去了。安化王见他回来,便问援军情况,李智诚说道:"仇将军得了风寒,现在卧病不起,三万大军明天就到了。"

次日仇钺大军来到玉泉营,安下营寨,又命心腹在大帐后埋伏了五十个刀斧手。安化王听说仇钺到了,好不高兴,便命周昂过去探视,周昂来到大帐中,见一人蒙着被子睡在榻上,便上前问安。那人咳嗽一声,那埋伏在帐后的五十个刀斧手便冲杀出来,一阵乱砍,周昂没来得及抵抗,就做了刀下鬼。

仇钺见周昂已死,便飞身上马,带着五百刀斧手,直往玉泉营去。此时安化王正在帐中休息,见飞马冲进帐来,顿时不知所措。仇钺喝道:"逆贼在哪里?快快出来投降。"安化王见仇钺已反,顿时晕倒过去。李智诚见大势已去,便换上兵服,想要趁乱逃走,却被仇钺一眼看穿,飞马上前,一刀将他砍杀。

次日,仇钺亲自押着安化王来到兰州城下,杨元帅见他来到,连忙出城迎接。众将军回到帐内,杨元帅说道:"我奉天子之命出征西北,今天大功告成,全靠着众将军,上下一心,奋力杀敌。仇将军里应外合,功劳最大,我明天就上书朝廷,褒奖各位。"张公公说道:"等我回朝,咱家也要向皇上为众将军请功。"众人谢过。入夜,杨元帅设宴为众将军庆功,其余军士大饮三天,三天后大军拔营,开往京师。

　　杨元帅班师回京,大军在城外三十里扎下营寨。次日杨元帅、张永率领徐鸣皋等十二位英雄进城复命。正德天子见众英雄胜利归来,便论功行赏:封杨一清为吏部尚书兼武英殿大学士,仇钺加封咸宁伯,徐鸣皋等都封为将军。次日,安化王在闹市口斩首示众,便不多述。

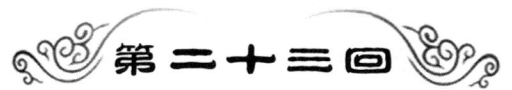

第二十三回

杨丞相请辞归田园
王元帅率军再出征

杨一清自从平定叛乱回朝后，便入阁问政，官至丞相，朝中宦官钱宁、江彬对他恨之入骨。正德九年正月，乾清宫发生火灾；八月，京师地震；正德十二年夏，京师又遇大旱，灾民饿死不计其数。杨一清便上书朝廷，建议朝廷节俭日常开支，尽快开仓赈灾。此时正德天子正宠着江彬，江彬也时常用些美女来迷惑皇上，又经常引诱皇上出去游玩，各项开销很大。天子见了他的奏折，便有些不高兴，又对江彬说道："现在有人对你有看法了，说你迷惑寡人。"江彬说道："爱美之心人皆有之，哪里是迷惑啊？"从此正德天子就不再信任杨一清了。

杨一清见天子听信宦官，日渐疏远自己，便上书请求告老还乡。正德天子见他要走，也不挽留，御笔一挥，让他回老家养老去了。徐鸣皋等将军得知杨丞相要告老还乡，便来送行，说道："如今朝廷混乱，宦官弄权，真不知该怎么办才好。"杨丞相说道："我老了，朝中事情还需要各位多加用心。这几年江西宁王还算安静，但我想他迟早要造反，到时少不了各位将军阵前杀敌，平定叛逆。"众将军说道："宁王要是造反，我们定会竭尽全力,平定叛乱。"杨丞相谢过众将军,次日带上家小,回镇江老家去了。

杨丞相告老还乡后,钱宁等宦官就更加嚣张起来,见朝中文武只有王守仁和他们作对,便想尽办法要除去这个眼中钉。恰巧江西、福建、广西、湖广等地山贼闹得厉害,钱宁便向天子建议派王守仁前去剿贼。次日,正德天子传王守仁进宫,说道:"现在南方各地贼人四起,朕命你统帅十万大军,剿灭各处贼寨。"王守仁说道:"臣想带杨元帅先前麾下众将军前去,望皇上恩准。"正德天子说道:"爱卿还真会挑人,朕就准你所请。"王守仁领旨谢恩。

次日,王守仁奉王命召集徐鸣皋、一枝梅等十二位英雄校场点兵,众将士身披铠甲,骑着战马,个个威武不凡。王元帅说道:"本帅奉皇上之命,亲领十万大军前去江西、福建等地剿灭山贼,还望众将士同心协力,奋勇杀敌。"众将士高声喊道:"愿听号令。"号炮一响,大军开拔,直往江西进发。朱宁、张锐见大军出发,便秘送书信给宁王,让他先不要起兵,静观时局变化,伺机而动。

江西、福建、广西、湖广交界有贼营五十多处,方圆一千多里,其中又以南安、横水、桶冈三寨贼首谢志山,漳州、浰头二寨贼首池大鬓声势最为浩大,各有上万人马,各贼寨平日里和宁王勾结,祸害地方。王守仁奉命前来剿贼,宁王得信后,便命人传信给谢志山。谢志山得知朝廷派大军前来剿杀,便命山中喽啰加强巡防,加固营寨。

王元帅率领大军走了两个多月,在湖广交界处扎下营寨,召集众将商议道:"这些贼人和宁王都有勾结,宁王肯定会传信给他们,南安离南昌比较近,估计早就得到消息了,要是我们前去攻打,恐怕一时也打不下来。大庚离南昌较远,消息闭塞,不如先奇袭大庚各贼寨。"众将都说有理,王守仁大喜,便分兵点将:令徐鸣皋、杨小舫各带轻骑三千进剿浰头各贼寨;令一枝梅、王能各带轻骑三千进剿漳州各贼寨;令狄洪道、周湘帆各带轻骑三千进剿大帽山贼寨;令包行恭、徐寿各带轻骑三千进剿华林各贼寨。自己带领徐庆、罗季芳、李武三位将军,统率大军,潜入大庚,暗自扎下营寨。众将得令,各自准备,次日分头进剿各贼寨。

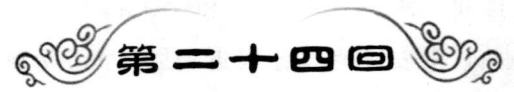

第二十四回

尤保剿山贼立大功
浰头寨众贼皆落网

　　徐鸣皋、杨小舫二人各带三千轻骑,星夜兼程,六日后来到浰头,暗自扎下营寨,又派数人出去打探贼人消息。探子带回一个农夫,徐鸣皋便向他细细询问贼人情况,那农夫说道:"贼寨在山里,非常隐蔽,进寨道路崎岖难走,易守难攻。寨中有五个头领,分别叫做守山虎、出山虎、镇山虎、卧山虎、飞山虎,这五个匪首十分凶悍,经常下山抢劫。"鸣皋说道:"贼人祸害不小,这次朝廷派大军前来剿灭,你们愿意吗?"那人说道:"怎么不愿意? 这山下百姓哪个没被他们欺负过,早就对他们恨之入骨了,只是贼人太厉害,官府也一直拿他们没办法。"鸣皋说道:"老丈,你放心,这次肯定可以把他们一网打尽,只是我们不知道怎么上山去,要有个人带路才好。"那人说道:"我也没去过,村中只有尤保去过。"鸣皋便命人把尤保叫来,尤保入帐,拜过。鸣皋问道:"你知道去山寨的路吗?"尤保说道:"小人去过几次,前年小人打了一个獐子,那贼人见了,便要拿去,我知道他的厉害,便给了他,此后他就经常叫我送野味上去,他也时常给我些银两补贴家用。后来寨中贼人多了,又经常下来抢劫,我就懒得去了。"鸣皋说道:

126

"你是猎户,对山中情况比较了解,除前面这条路外,还有别的路可以上去吗?"尤保说道:"后山还有一条路能上去,只是路上布满荆棘,只能走一个人。"鸣皋说道:"要是现在让你带路,你还知道怎么走吗?"尤保说道:"路倒是熟悉,只是新来的守山喽啰不认识我,肯定不让我上去。"鸣皋说道:"那你就多送些野味去,你要是能够带我们上山剿贼,立了大功,我自会向朝廷保举你,到时候朝廷论功行赏,便会封你一官半职。"尤保说道:"多谢将军,明天我先上去看看再说。"

尤保回到家中,拿上火枪,上山去了。傍晚回来,带着两只山兔、一只獐子、三只野鸡。次日一早,他便背着野味上山去,走了一个多时辰,来到谷口。前面就是螺丝谷,那谷中道路弯弯曲曲如螺丝尾巴一般,只能通过一人,确是个一夫当关万夫莫开的地方。尤保进入螺丝谷,走了半里多路,突然一个喽啰兵跳了出来,大声喊道:"你是什么人,来这里做啥?"尤保说道:"我是山下猎户,给王头领送野味来了。"说着把那几个兔子、獐子朝他眼前晃了晃。那喽啰兵说道:"王头领不在。"尤保笑着说道:"我们猎户打个野味也不容易,昨天运气好,打了好几个,就送来给王头领尝尝,也好要几个赏钱。"那喽啰兵骂道:"少啰唆,快走开,我看你年纪大,要不然一刀砍了你。"说着,又把刀在尤保眼前晃了晃。尤保见状,怒喝道:"你个小喽啰,你家头领也卖我三分薄面,你在我面前耍什么威风?"那喽啰兵没等他说完,便上前来打,尤保见他来打,便一把抓住他的手,说道:"我和你到王头领那里评理去。"说罢,便要拉着他往山上走。两人正吵着,王老幺走了过来,说道:"老尤,你在干什么呀?"尤保说道:"我昨天打了几个野味，想送来给王头领尝尝鲜，这小喽啰不让我上去，你说气人不气人？"王老幺说道："你老不要和小喽啰一般见识嘛，头领老提起你，说你的野味下酒最好不过，你怎么就不送来了呀？"尤保说道："没想到头领还念着我呢，既然头领喜欢，那就麻烦王大哥给我送进去，代我向头领请安。"王老幺说道："你先等着。"说罢，带着野味上去，过不久回来说道："头领说想见见你。"尤保听了，心中一乐，便跟着老幺来到寨中，见五个头领都在，便一一磕头，说道："小老儿给大王请安了，前些天官兵经常过来，我就不敢上山来，弄得家里没一点开销银子，我也时常想着大王对小老儿的好处，今天特意送些野味来孝敬大王。"王头领笑道："你常送些野味来，我自会赏你些银钱。"尤保听头领如此说，便又跪了下来磕头谢恩。王头领见他实诚，便取了二两银子抛给他，尤保接过银子又是叩谢一番，说道："小老儿年纪大了，腿脚也不灵便，白天要是走了远路，晚上就要疼痛。小老儿有个外甥，叫郑才，这些野味都是他打来的，明天送野味就把他带来走一趟，认认路，以后就让他给大王送野味来，还请大王恩准才好，也好让小老儿少走这几十里的山路。"王头领说道："叫他送来就好了。"尤保谢过，下山去了。

尤保回到家中，对儿子尤能说道："你快上山去多打几个野味回来，明天我要送上山去。"说罢，便往大营去了。鸣皋见他前来，便细细询问一番，尤保把今天进山的情形一一说了，鸣皋大喜，说道："明天我就和你一起上山去。"说罢，又命人取了五两银子给他，尤保领了银子，叩谢再三，心中好不欢喜。时至黄昏，鸣皋跟着尤保到他家里去，走了四五里地，见前面有一处草房,尤保说道:"这里就是小人的家。"说罢,领鸣皋进去,搬来一条凳子请鸣皋坐下,又取来一个瓦罐,倒上茶水。鸣皋说道:"老丈不必客气,山中景色很美,我去四处看看。"说罢,出门漫步,只见夕阳西下,山林绯红,风光无限。

尤能打猎回来,收获不少:四只山鸡、两只白兔,还有一个獐子、一个小狗獾。尤保说道:"今天有客人来,烧个山鸡下酒。"尤能拜过鸣皋,便下厨准备去了。尤保从内室找来一件破旧夹袄,递给鸣皋,说道:"将军明天就穿这个上山去,免得贼人疑心。"鸣皋接过衣服换了,过不多久,尤能便摆好酒菜,尤保说道:"山中粗菜,将军就将就着吃些吧。"鸣皋说道:"客气了,这山鸡、石鱼、山笋干都是美味,山外也难吃到。"尤保说道:"这酒是自家酿的,在坛中存了五年了,一直舍不得喝,今天贵客前来,我也沾沾光。"鸣皋说道:"老丈客气了。"说着便举杯来敬,尤保慌忙回敬,两人喝着,闲聊了些打猎趣事,便不细说了。

次日一早,尤保对儿子说道:"今天我两个上山去,要是有人问,就说打猎去了,千万不要提起有客人来过。"尤能点了点头,便忙活计去了。两人离开住处,带着四五个野味朝涮头寨走去,只见山路两边杂树乱生,又有荆棘阻隔,确实难走,走了十多里,到了山脚下,尤保说道:"前面就是螺丝谷了,这里两面悬崖,中间有一羊肠小道,十分难走,只能一人通过,那前面不远就有人把守。"鸣皋暗想:这里果然凶险,还好先来看看,要不,真不知道该怎么走。两人一前一后,进入螺丝谷,走了半里路,突然跳出个喽啰兵来,手持钢刀大声喝道:"你是何人,来此做啥?"尤保上前,说道:"老弟不认得我小老儿了,我就是昨天送野味来的尤保,王头领见过我的。"那小喽啰说道:"原来是你老,大王说了,让你快快送去,你边上这个是谁啊?"尤保说道:"是我侄子,陪我送野味来的,昨天我已经向大王说过了。"那小喽啰说道:"大王知道就好,快进去吧。"说罢,放两人上山去了,鸣皋一路走来,每遇关口、险要处,便一一记下。

又走了一会,来到寨中,王头领听说尤保送野味来,便叫他进去。两人来到聚义厅,王头领说道:"今天野味不少啊,这就是你外甥?怎生得这么体面?"尤保说道:"昨天运气好,打来不少野味,今天一早我就送上来,也好让大王尝个新鲜。我这外甥长得貌美,村中也时常有人夸奖,只是这美貌却也没用,还不是要在山里打猎养活。哪有大王本事高强,有使不完的银子来得好。"王头领笑道:"你这小老儿,就认得银子。"说罢取出二两银子抛给尤保,尤保接过银子说道:"这银子就是好,趁着还能动,我还得挣些银子做棺材本呢。"众头领笑道:"你这老儿却是好笑,你多送野味来,我们自不会亏待你的。"尤保谢过,领着鸣皋出寨来,尤保见王老幺正在寨门口,便上前说道:"我这外甥第一次来,想请大爷陪着一起到山中玩玩。"王老幺说道:"你也熟悉,还要我来陪啥?"尤保说道:"寨里的人我都不认识,要是有人来拦怎么办?还是请你老辛苦一下,明天上山来,我送你一个山鸡怎么样?"王老幺说道:"山鸡下酒是好,只是我没地方烧,你烤熟了带来就好。"说罢,领着两人四处看了一回,其中情形鸣皋暗自牢记。

时到中午,两人下山去了,见路边有一条河,又有几只小舟,鸣皋便问道:"这河通哪里的?"尤保说道:"这是七里河,要想从这里出去,肯定要过枣木林。"鸣皋记了,又问道:"还有别的出口吗?"尤保说道:"再没有了,就是那个螺丝谷比较难走,岔口也多,要记清楚了。"鸣皋说道:"还请老丈再指点一遍才好。"两人下山,路过螺丝谷,鸣皋又细细地记了一回。

回到营寨中,鸣皋对杨小舫一一说了山中情况,又画了一张地图。杨小舫说道:"道路已经探明,就可以速战速决了。"鸣皋说道:"明天夜里去。"次日中午,鸣皋对杨小舫说道:"贤弟,你带上一千人马,三更潜入螺丝谷,四处放火,寨中贼人肯定来救,你就奋力将他们砍杀干净。我自带五百刀斧手从后山上去,杀他个措手不及。到时候要是看到山上起火,就带兵杀上山来和我会合。"说罢,又对尤保说道:"老丈,你带五百长枪兵埋伏在枣木林中,要是有人来,就把他抓住。"

时到黄昏,大家吃饱饭,鸣皋便带着五百刀斧手往浰头寨后山去了,那上山道路遍地荆棘,实在难走,还好没有遇到喽啰兵,到了三更天,便来到山寨前,只见寨门紧闭,也没人看守,就偷偷地潜入寨内,见众贼人都在睡觉,便命人到处放火。贼人见火光四起,便从床上跳起来,寻了单刀,要来厮杀。众将士见贼人起来,便飞身上前,一刀一个。守山虎见鸣皋进来点火,便抄起钢刀要来搏杀,哪知鸣皋厉害,只是一招,就把他砍成两段。飞山虎、镇山虎见兄弟被杀,便发疯般地冲杀过来,只是两人武功太弱,没斗三五个回合,镇山虎便被鸣皋砍下一只手来,飞山虎见斗不过他,便要逃跑,鸣皋见他贪生怕死,便追了上去,朝他背上猛劈了一刀,直把他劈成两半。镇山虎拖着残手直往山下逃去,那山中喽啰兵见有人从山上冲了下来,便误以为是官兵杀过来,提起单刀乱砍一阵，直把那镇山虎剁得四体不全。

杨小舫带着一千兵马在螺丝谷四处放火，那出山虎见有人来袭，便带着人马前来打斗，只两个回合，便被杨小舫砍下头来，那一大群喽啰见头领被杀，又有无数官兵杀上山来，便四处逃命去了。杨小舫见山上火光冲天，便一路杀上山来和鸣皋会合，鸣皋说道："我杀了三虎，你杀了几个？"杨小舫说道："我只碰到一个，还有一个怕是给他跑了。"鸣皋说道："肯定往枣木林去了，你先追去，千万不要让他跑了。"杨小舫带着十多个士兵来到渡口，找了一条小船，直往枣木林追去。

却说那逃走的卧山虎带着几个喽啰飞舟前行，不一会，就来到枣木林，刚上岸，便被五百长枪兵团团困住，左右冲杀了好一阵子，连伤几十人，也冲不出去。杨小舫一路飞舟来到枣木林，见士兵正把那贼人困在中间，便飞身上岸，冲入阵中和他打斗起来，两人斗了两三个回合，便分胜负。尤保见贼人被杀，便上前来贺，杨小舫说道："五个山贼都已经死了，寨中喽啰兵死伤大半，其余的也都投降了。"尤保听罢大喜，说道："将军真是神勇，多少官兵来过，都是无功而返，没想到将军一战功成，真是百姓之福啊。"

次日，大军归营，众乡亲来贺，为众将士设宴庆功便不多说。那尤保功劳最大，鸣皋便向朝廷保举他，朝廷论功行赏，招他儿子到军中补了个指挥使的缺。

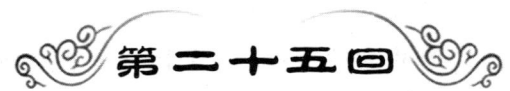

第二十五回
王远谋帐前献妙计
众英雄剿灭大庚山

　　王守仁带领众将士从小路潜入大庚，暗自扎下营寨。原想杀他个措手不及，哪知池大鬓早知大军要来，便四处安排，做好防范。大军扎下营寨，王元帅命人找来山中樵夫、猎户。不多久，就带回十来个人，王守仁说道："我奉天子之命前来剿灭贼寇，还望众乡亲多多支持。"其中有一老丈说道："山上贼人，人多势众，为首的个个武艺高强，山寨地势险要，易守难攻。要是就这样硬攻，恐怕难以取胜，不如先败几阵，让他们误以为官军不堪一击，等他们下山来袭，便可火攻，一举端掉贼窝。"王守仁听罢，觉得很有道理，便说道："请问老丈高姓大名？"那老丈说道："小老儿王远谋。"王守仁说道："王先生世外高人，这次大军前来剿灭贼人，为一方百姓造福，还望先生指点一二。"王远谋见他话语诚恳，便叫人取来纸笔，将大庚山的情况绘成一图，注明从哪里进兵，在哪里埋伏，哪里截断贼人去路。王元帅大喜，说道："剿灭这山中贼人，王先生当记首功。"王远谋说道："我一个山野村夫，要那些功劳有什么用，我只要这里太平就好。"王守仁谢过，又设宴款待众乡亲，便不细说。

次日，王元帅帐前传令：狄洪道带领一千人马，进攻大庾山东山盘谷，以李武为后援；罗季芳带领一千人马，进攻大庾山西山夹谷，以徐庆为后援；周湘帆带领一千人马，进攻大庾山前山。众将军只要虚张声势，切忌许败不许胜。众将领命，分头前去索战。

周湘帆来到山前，命将士排好方阵，高声喊道："我奉皇上之命前来剿灭你们这些山贼，要想活命，就快快下山投降，要是迟一会，本将军杀上山去，便性命难保。"众喽啰听罢，上山禀告，池大鬓大怒道："看我下山怎么收拾他去。"

池大鬓等五个头领分头下山，和众将打斗。池大鬓见周湘帆横枪立马在前，便说道："无名小辈，还是早点逃命去吧，等池大爷我开了杀戒，你可就没地方跑了。"周湘帆说道："你个山贼，有什么本事，今天我特来取你狗头。"池大鬓听罢大怒，手持钢叉飞马冲杀过来，湘帆见他过来，便大喊一声，冲上前去，两人你来我往打斗了起来。池大鬓勇武刚猛，湘帆和他打斗，确实吃力，没几招过去，就只有招架的份了。池大鬓见他势弱，便狠命地砍杀起来，一连战了二十多个回合，湘帆见打不过他，策马便跑。池大鬓见他逃走，便追上前去，砍杀了几个小兵，大笑道："这样没用，还敢上阵来。"众喽啰见状，一哄而上追杀起来。周湘帆带着官兵一连逃了五六里地，丢下些刀枪、铠甲。来到山口，见罗季芳、狄洪道、徐庆、李武等人也败了下来。

池大鬓见官军跑远，便领着众喽啰回寨，回到寨中见胡大渊、任大海、郝大江、卜大武四人都已得胜而回，便说道：

"朝廷尽派些没用的人来。"任大海说道:"要不是他跑得快,我今天就能把他砍下马来,明天要是再敢来打,定要杀他个片甲不留。"众贼人高兴,大摆酒宴,直喝到两更天去,便不细说。

众将回到营中,回禀王元帅,王元帅说道:"池大鬓虽然勇猛,却是粗人一个,明天接着骚扰,他要是来追,就跑快点,多丢些铠甲、刀斧之类的东西。"众将领命,次日一早便去索战,池大鬓见官兵前来索战,大笑道:"又来送死了。"说罢,带着一大群喽啰兵冲下山来。周湘帆见他过来,便冲杀过去,猛刺几枪,掉转马头就跑,池大鬓追赶了一回,砍杀了些小兵就回去了。一连几天众将都是只败不胜,贼人连战连胜,就更加猖狂起来,每天都在寨上杀牛宰羊,大摆筵席,饮酒取乐。

王守仁听探子来报说:贼人每天开宴,夜夜大醉。便说道:"可以真打了。"说罢,传众将军入帐,传令道:"狄将军带精锐三千,各带火种,从山后羊肠谷进去,四处放火,见贼人来救,便杀出山去。周将军带两千人马,一千人马前去索战,引那贼人出来接战,一千人马潜入盘谷,四处放火,那贼人见山中起火,必然大乱而回,你就可以趁势追杀。徐将军带两千精锐进攻西山夹谷,先将贼人诱出,再放火烧山,便可成功。罗季芳、李武各带两千精锐和池大鬓大摆车轮战,切不可和他死战,等山上火光四起,他便无心再战,到时就好合众将军之力将他擒拿。"众将得令,分头准备,只等来日,便可大战一回。

傍晚，徐鸣皋剿灭涮头各寨，大胜归来，王元帅大喜，说道："明天就要决战，你回来得正好，那池大鬃勇猛得很，还是要你去收拾他。"鸣皋领命。

次日一早，众将率兵上山，守门喽啰见大军来战，便去寨中禀告。池大鬃昨夜高兴，酒喝过了头，这时还没起身，听说官兵一早来战，便说道："真个贼娘养的，又打不过我，还要来找死。"说罢，提刀跨马下山迎战，罗季芳见他来战，便和他纠缠起来，来来回回，斗了二十多个回合。李武见季芳快抵挡不住了，便上前接战，罗季芳见李武上来，便退了下去，两人又打斗了二十多个回合。徐鸣皋见李武也快支撑不住了，便飞马上前说道："老贼，你虽然勇猛，今天却要死在我的手上。"池大鬃听罢大怒，飞马来战，只一招过后，便气势大减，暗想：这是什么人？这么厉害。就在此时，山上四处火起，又有小喽啰下山来报："官兵从羊肠小道杀入寨中，四处放火，请大王快快回寨去。"接着又有数人来报说：各处山谷都已起火，官军正和各头领打斗得紧。池大鬃听罢，大怒，挥起钢叉狠命地朝鸣皋刺了过来，鸣皋侧身一躲，池大鬃便调转马头飞快地往山上跑去，徐鸣皋哪里肯放过他，引马便追赶上去，两人又大战起来。此时山中已是火光冲天，又有许多小喽啰跑下山来，池大鬃见大事不妙，便乱了心神，打斗也无章法起来。鸣皋见他阵脚已乱，便猛攻起来，没几个回合，便将他一枪戳下马来。贼首胡大渊见状，手舞双锤，前来打斗，鸣皋只一枪便把他戳下马去。

大战池大鬓

再说狄洪道带众将士从羊肠谷潜行到山顶，此时贼人多半下山迎战，寨中人马稀少，便四处放火，把贼窝烧得火光冲天。接着又来到后山，一路放火下来，见周湘帆正和贼首任大海死战，便飞身上前助战。

又说杨小舫来到羊肠谷，见狄洪道的人马在后山四处放火，便也命人放起火来。贼首郝大江见山中四处火起，便慌忙跑下山来，来到山脚，见杨小舫手握长枪，立马在前，便提着铜锤来战，却被杨小舫一枪刺下马来。杨小舫杀死贼首，引马上山，却迷了路，转到盘谷里去了，见狄洪道、周湘帆和任大海混战，便飞马上前助战，任大海见有人来帮，心中不免慌张起来，手中那两条竹节钢鞭顿时失了章法。狄洪道见他慌乱，便朝他马腿猛砍一刀，那马挨了一刀，飞扬起前蹄，将任大海从马上抛了下来，周湘帆、杨小舫见他落下马来，飞枪上前，将他乱枪戳死。

最后说徐庆带兵来到西山峡谷，四处放火，贼人卜大武见有人放火，便引兵来战，两人一连斗了四十多个回合，也难分胜负。徐庆说道："我今天不把你砍下马来，便不收兵。"卜大武说道："你要是能胜我手中这把大刀，我便服你。"徐庆暗想：要是把他擒了，交给元帅，也算大功一件，再向元帅说说情，劝他投降，那就更好了。正在此时，徐鸣皋飞马过来，大声喝道："大胆贼人，还不快快下马投降，你家首领人头在此。"说罢，抛过一个人头来，卜大武见那池大鬓的人头滚了过来，心中一惊，分了神去。徐庆见状，飞起一刀砍向马腿，那马顿时飞扬起前腿，将卜大武掀下马来，徐庆见他跌倒在地，便上前将他制住。

众士兵上来将他捆绑了起来，押回营寨。

徐庆、徐鸣皋、狄洪道、周湘帆、杨小舫五人，合兵一处，互通了消息，见山中贼首都已伏法，便留下数队人马，看守住各处山口，抓捕山中逃命下来的喽啰兵。众将将诸事安排好后，便回营复命去了。王元帅见众将士胜利归来，非常高兴，对众将军赞扬了一番。徐庆说道："末将生擒了贼首卜大武，请大帅发落。"王守仁命人将卜大武押入帐中，只见他身材魁梧，面目清秀，就暗想：此人书生模样，却也并非大恶之人，要是收入帐中，他日攻打南安，便能方便许多。主意已定，便说道："卜大武，本帅看你也是一表人才，勇猛非常，今天想招纳了你，为国家建功立业。"卜大武原本就想投降，听大帅如此说，便俯身磕头，说道："多谢大帅不杀之恩，我定当肝脑涂地，报效大帅。"徐庆见他来降，便上前扶他起来，解去绳索，说道："刚才多有冒犯，还请见谅。"卜大武说道："要不是你网开一面，我现在恐怕早就没命了，我要谢你才是，哪里有什么冒犯啊？"说罢，俯身来拜，徐庆说道："大帅既然收了你，我们就是一家人了，再不要多礼了。"王元帅说道："今天你投到我军中来，便要一心为国，奋勇杀敌，他日朝廷自会论功行赏。"卜大武再拜，谢大帅再造恩德。众将军见卜大武一心归顺，自然高兴，设宴庆功便不多说了。

又过了十天，一枝梅、王能肃清漳州各贼寨，杀贼首邓武、陈如虎、韩韬、代水龙；包行恭、徐寿肃清华林各贼寨，杀孙有能、李志海、孟铭山、周尚勇等人，得胜回营。王元帅一一表彰，又设下酒宴犒劳三军。过三天，大军开拔，往南安进发。

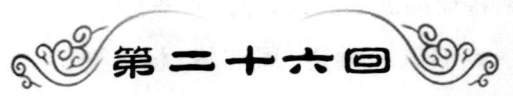

第二十六回
王元帅妙计破贼寨
卜大武内应立大功

大军来到南安,扎下营寨,王元帅和众将商议剿贼大事,又传卜大武入帐,卜大武上前拜过,说道:"大帅叫我来有什么吩咐?"王元帅说道:"你了解南安、横水、桶冈三寨的情况吗?"卜大武说道:"这几个山寨,桶冈最难打,那里四面都是深山峡谷,只有几条羊肠小道可以上去,路上都是荆棘,头领谢志山和两个头目赛花荣孟超、飞天虎冯云都在这里,这三个人武艺高强,凶悍难敌。"王元帅说道:"你有什么好计策吗?"卜大武说道:"桶冈最难攻打,但却是关键所在,要是能攻破这里,其他地方就会不攻自破。小人投靠过来,谢志山还不知道,我带一群喽啰兵投奔过去,他肯定会收留我,到时候就好里应外合,一举剿灭。"王元帅说道:"我自然信得过你,只是喽啰兵却难相信,我派一千精兵给你,乔装打扮成喽啰兵,徐鸣皋、一枝梅、狄洪道、周湘帆、包行恭、徐寿六人便藏在其中,见机行事,你觉得怎么样?"卜大武说道:"元帅安排得十分妥当。"

次日,众将士乔装打扮一番,随卜大武前往桶冈去了。走了一天,来到后山,卜大武打了个暗号,守山喽啰见是自己人,便问道:"你是谁?来做什么?"卜大武说道:"大庚山卜大武前来拜见谢头领,麻烦老弟前去通传一声。"那喽啰上山传话,不一会回来说道:"大王有请。"说罢,开了寨门,让卜大武上去,其余一千多喽啰便在山下等候。卜大武进入寨中,行礼拜过,哀声说道:"谢大哥,大庚山寨完了,半个月前狗官王守仁带兵前来,四处放火,把偌大个山寨烧得精光,我五兄弟只有我一个人逃出来,其余弟兄都被敌将砍了头去。大哥,你得为兄弟们报仇啊!"说着便拜倒在地上,泣不成声。谢志山听罢,顿时火冒三丈,一掌将桌子拍得稀烂,怒喝道:"该死的狗官,我定将他碎尸万段,为众兄弟报仇。"卜大武说道:"那狗官手下猛将很多,个个能征善战,很难对付。"谢志山说道:"怕他个鸟,我寨中兄弟都在,哪个不比他凶猛?现在寨中又有三千多兵马,要是他敢来,定叫他有来无回。"卜大武说道:"小弟来时也带了一千来个喽啰兵,多半是山中败退下来的残兵,休息几天,倒也可用。"谢志山说道:"人在哪里?"卜大武说道:"还在山下,没有大哥示下,不敢带上山来。"谢志山说道:"上山来就是了。"说罢,命人下山引众喽啰上山来。

夜里,谢志山摆下宴席,为卜大武压惊,四人直喝到半夜。次日一早,又有人带众喽啰在山中四处走了一遍,熟悉山中地形。徐鸣皋等六人一路看来,遇到险要关隘便牢记在心。入夜,六人来到一个偏僻的地方,换了夜行衣服。一枝梅、包行恭直往冯云左寨去。来到寨前,只见寨内灯火还在,也没人影,就潜伏进去,来到房前,用手在窗上戳了个小孔,取出一细竹筒,把熏香吹了进去。过了片刻,一枝梅见熏香已见效,便推门进去,只见贼首冯云正晕倒在床上,便一刀割下他的头来。

再说徐鸣皋、徐寿来到孟超右寨,潜伏进去,来到房前,用手点破窗纸,见一人正在酣睡,鸣皋便飞身入内,挥起单刀朝床上猛砍一刀,只听啪的一声,那床板被劈成了两段,鸣皋暗叫不好,只见床后跳出一人,大声喊道:"哪里来的杂种,也敢来偷袭本大爷,且吃我一锤。"说罢,挥起流星锤猛打过来,鸣皋慌忙用刀挡开,退出房来,孟超一击没中,追出房来。鸣皋、徐寿见他追出来,便上前和他打斗,孟超虽然厉害,但也斗不过二人,没斗几个回合,就要败落下来。此时湘帆也赶了过来,孟超见打不过,转身就跑,徐寿追赶上去,却被他回身飞射一箭,正中额头。孟超见一人中箭倒下,便又射一箭,鸣皋见他射来,飞身躲过。就在此时一道亮光闪过,只见孟超倒了下去,周湘帆飞身上前要去砍杀,哪知孟超伤得不重,暗使流星锤,正中湘帆手臂。此时孟超也不敢恋战,飞身往中寨跑去。徐鸣皋、一枝梅、包行恭跳下房来看徐寿,徐寿中了毒箭,奇痒难挡。一枝梅说道:"徐贤弟和包贤弟先护送他们回营,我和狄贤弟再混入喽啰兵中,打探一番。"徐鸣皋和包行恭带着徐寿、周湘帆二人,一路飞跑下山。来到寨门前,喽啰兵来战,鸣皋连砍几人,冲下山去。谢志山得知有人来袭,便追赶下山来,此时徐鸣皋等人早已远去。

谢志山来到左寨,见冯云被砍了脑袋,大哭了一回,命人厚葬。又来到右寨,见孟超受伤,便说道:"贤弟,你伤得重吗?"孟超说道:"伤得倒不重。"谢志山说道:"冯二弟已给狗官害死了。"孟超听罢,悲痛不语,过了片刻,说道:"大哥,寨中肯定有奸细。"谢志山说道:"你好好养伤,多加小心,我会查清楚的。"说罢,回中寨去了。

谢志山回到中寨,见了卜大武就说道:"贤弟,寨中肯定有奸细。"卜大武说道:"大哥说得极是,我听说王守仁手下能人很多,都是些来无影去无踪的人物,大哥寨中人马自然没有问题,我带来的那一千人马也都是心腹,大哥要是不放心,可一一查问。"谢志山说道:"定是王守仁派来的人,昨夜我追了去,让他们快了一步,逃掉了。"卜大武说道:"大哥也要多加小心,那贼人恐怕还要来。"谢志山说道:"要敢再来,定让他死无葬身之地。"

再说徐鸣皋、包行恭二人将徐寿、周湘帆带下山,飞奔回营,见了王元帅,将山中情形一一说了。徐鸣皋说道:"周湘帆中了一锤,但无性命危险,只是徐寿伤势很重,要是毒气攻心,就没得救了。"就在此时,一道人飞身前来,却是玄真子,鸣皋拜过,说道:"师伯是为徐兄弟来的吧?"玄真子说道:"正是为他而来。"玄真子来到徐寿榻前,只见他面色发红,红中泛紫。玄真子说道:"还好,要是再过两天,就是神仙也救不了他了。"说罢,从腰间取出小葫芦,倒出两颗丹药来,用水化开,一半让他服下,另一半敷在伤口上。过了一会,徐寿吐出一口黑水来,脸色也好了很多。王元帅听说有剑客来了,便过来会他,那玄真子见元帅过来,便化作一道白光,去无踪影。

一枝梅、狄洪道二人在贼寨中又仔细打探了一回，便和卜大武约定明夜三更火烧大寨。入夜，一枝梅潜回营中，见了王元帅，约定明夜三更山寨起火为号，只要看见寨中起火，便杀上山来。

一枝梅重回到寨中，想到孟超那毒弩还没偷出来，便潜入右寨，见孟超正从房里出来大解，便转身潜入房中，找了一回，见一小弓弩，非常精巧，正想细看，却见孟超进门来。一枝梅便朝他飞射一箭，正中额头。孟超大怒，慌忙退了出去，大喊："抓奸细。"一枝梅见他退出门外，便从后窗跳了出去，混入喽啰中，大喊起抓奸细来。众喽啰折腾了一个下午，也没找出个人来。

夜到三更，一枝梅和几个喽啰来到中寨大喊道："山下官兵杀上来了，快守不住了。"谢志山听罢，提起大刀，飞身上马，下山去了。一枝梅见他下山去，便和众弟兄四处放起火来。寨中喽啰见火光四起，顿时慌乱起来，大喊救火。孟超见中寨起火，便不顾伤痛，骑马往中寨过来，半路上遇见卜大武，卜大武见他过来，便大声喝道："大胆奸细，居然敢来放火。"说着便一枪刺了过去，孟超见是卜大武，便喊道："贤弟，是自己人，不要认错了。"话还没说完，已中枪倒下马来。

谢志山来到山下，和鸣皋打斗起来，正难分胜负之时，一枝梅上前说道："谢头领，我来帮你。"说罢，飞马过来，乘谢志山不注意，一刀将他砍下马来。众喽啰见贼首谢志山已死，便纷纷投降。

　　南安、横水两处贼人见桶冈被朝廷大军剿灭,便慌张起来,又有许多贪生怕死的早早逃走了。徐庆、徐寿、狄洪道三人率领精锐三千,进攻南安;徐鸣皋、周湘帆、罗季芳三人统率精锐三千,进攻横水,不到一个月,便胜利归来。各处贼人都已剿灭,王元帅升帐,为众将军庆功,又上书朝廷,为卜大武及众将军请功,便不细说。

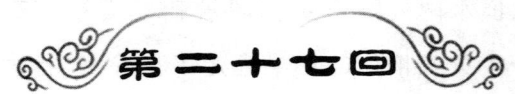

第二十七回
宁王作乱连占数城
徐鸣皋南康解围困

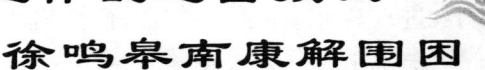

宁王得知朝廷大军已将众贼寨剿灭，不免慌张起来，忙和军师李自然、大将军邺天庆等贼人商议道："那狗皇帝一直对我不放心，早想将我除去，现王守仁已将各寨剿灭，他要是率大军来袭，便对我们十分不利。"李自然说道："王爷说得极是，与其坐以待毙，不如趁他大军还在休整，出其不意，先攻下南康及周边各县，到时声势浩大，便不怕他了。"邺天庆说道："南康富庶，豪绅众多，到时候将城中财物充作军饷，就不怕没有人马。"宁王说道："言之有理，现在就巡抚孙燧、兵备副使许逵和我们作对，得先把这两个人除去。"邺天庆说道："今天晚上我就带人去杀了他们，这两个人一死，其他人就不足为患了。"众贼人商议已定，便分头行事。

入夜，邺天庆亲带一千兵马来到巡抚衙门，将孙燧、许逵杀了，布政使胡濂、按察使杨璋等官员见势不妙，便一一前来投降。次日一早，雷遇春统领各将分取丰城、进贤、奉新、靖安、武宁、义宁各州县。邺天庆率领数千人马直取南康。

雷遇春所部奇袭各县城，连连得胜，顿时声势浩大。湖北巡抚得知宁王已反，便命人七百里加急上奏朝廷，又命周边各县府做好防备。正德天子得知宁王叛乱,攻下不少县城,便大怒道:"孤家念及骨肉之情,不忍对他动手,他却先来反朕,真是自寻死路。"说罢,便命人传来丞相等朝中要员商议。众人说道:"贼人奇袭,连占数城,要是从京城派兵过去剿灭,恐怕难以及时遏制势头。到时声势浩大,局面就难收拾了,不如命王守仁所部人马稍做休整,直往江西剿灭叛逆。"正德天子说道:"就按众爱卿所言,速传朕旨意,命王守仁所部即刻前往江西剿灭叛贼。"大事已定,众人退朝。

王守仁所部兵马剿灭各贼寨后就在南安休整,突然圣旨前来,命王元帅所部人马即日前往江西剿灭宁王叛逆。王元帅接了圣旨,擂鼓升帐,将圣意告知众将军,王元帅说道:"宁王已反,朝廷下旨让我部人马即日前去剿灭叛乱,众将军有何良策?"徐鸣皋说道:"宁王早想谋反,诸事都已准备很长时间了,南康地方富庶,交通要道,他必定派兵先取南康,元帅可先派末将率三千骑兵前往营救,大军则直取南昌。"王元帅说道:"很好。"说罢,传下将令,众将分头行事。

话说宁王作乱,连占数县,南康知府郭庆昌见敌军过不了几天就要来攻城了,便命参将赵德威、守备孙理文调兵遣将,日夜巡防,又命众军士在城头上备足檑木、乱石,一心想要死守。

邬天庆亲率大军,一连奔袭了好几天,来到南康城下,扎下营寨,又命探子前去打探,探子回报道:"南康四处城门紧闭,不让人进出,城头上锦旗飘扬。"邬天庆听罢,传令大军做好准备,明天攻城。

次日天明，敌军来到城下，擂起战鼓，众敌兵架起云梯，直往城头冲杀上来。郭庆昌见贼人众多，来势凶猛，便命将士全力死守，又亲自擂起战鼓，为众将士助威。敌兵一连攻了一个多时辰，也没能冲上城头，城墙下被檑木、乱石打死的敌兵不计其数。郏天庆见伤亡太大，便下令鸣金收兵。

来日，敌军再来攻城，众将士合力御敌，敌兵无功而返。郏天庆见损伤众多，又难以攻占，便焦虑起来，正在此时，又有探子来报："王守仁所部先锋徐鸣皋、一枝梅带领三千精锐，前来援救，现已在离城三十里扎下营寨。"郏天庆听罢，大吃一惊，暗想：南康城一时难以攻克，徐鸣皋又带援兵前来，要是前去攻城，他便背后来袭，那就麻烦了。不如趁他立足未稳，先和他决一死战。主意已定，便命众将分头准备，明日前去决战。

徐鸣皋所率人马来到南康，便在城外三十里扎下营寨，又命探子前去打探。探子来报："南康还在我们手中，敌将郏天庆连攻了几天，伤亡很大。"鸣皋说道："敌军一时拿不下南康城，肯定要来偷袭我军。"一枝梅说道："我军一路奔袭，士兵多半疲惫不堪，明天开战，最好不要打得太久。"鸣皋说道："明天只和他小战一回，便收兵回营。"

次日一早，官军在贼营外摆下阵来，众将士士气高昂，个个奋勇争先。郏天庆见一枝梅率兵前来索战，便飞马上前说道："宁王仁义，礼贤下士，各路英雄都来投奔，你也趁早过来好了，我在宁王面前给你美言几句，到时候封你个将军当当。"一枝梅说道："都是些有眼无珠的东西，宁王无道，犯上作乱,他日必败。今天你在此为虎作伥,他日必遭报应。"邬天庆听罢大怒,挥起方天画戟猛刺过来,一枝梅见他刺来,便用刀隔开,两人一来一往,斗了数十个回合,一枝梅便觉得有些吃力。敌兵见主将得势,便冲杀过来,鸣皋见敌兵冲了过来,便命弓箭手准备,只等敌兵靠近些便放箭。敌兵靠近,鸣皋一声令下,只见飞箭如雨般地射了出去,敌兵顿时中箭不计其数。一枝梅见敌兵冲杀过来,便调转马头,直入敌阵,一阵砍杀,敌兵死伤无数。邬天庆见状,飞马来追,却被一枝梅先跑回阵中,又有无数飞箭射来,只得作罢,鸣金收兵。南康知府在城头上见援军旗开得胜,心中大喜,命众将士加强防备,便不细说。

邬天庆兵败回营,心中烦忧,小将张尔铣上前说道:"胜败乃兵家常事,大将军无须多忧,我有一计,可保我军大获全胜。"邬天庆说道:"你有何良策?快快说来。"张尔铣说道:"官军今获小胜,便会骄傲起来,所谓骄兵必败,今夜将军要是前去劫营定能大获全胜。"邬天庆说道:"那一枝梅诡计多端,恐怕不成。"此时边上小将陈如谋上前说道:"将军不用多疑,贼人肯定疏于防范,今夜袭营必可获胜,若不能胜,末将愿受军法。"邬天庆见他二人都说可行,便命张尔铣、陈如谋率精兵一千从敌营后侧杀入,命王志超、吕英俊率精兵一千从正面杀入,做前后夹击之势。众将领命,各做准备。

徐鸣皋、一枝梅得胜回营,徐鸣皋说道:"今天大胜,贼人士气大落,明天再战,便可一鼓作气,再胜一回。"一枝梅说道:"邬天庆心胸狭窄,今天落败,他肯定要来报复,我估计他今夜要来劫营。"徐鸣皋说道："言之有理，需早做防备才是。"一枝梅说道："敌兵人多，可在营前挖几个深坑，坑内插上竹签，堆放稻草，左右埋伏刀斧手。敌兵冲进来，肯定会掉到坑里去，到时候再放火烧起来。寨两侧岭上可埋伏弓箭手，敌兵进寨，飞箭齐射，敌兵必乱。敌兵一乱，我军再冲杀下去，敌军必败。"鸣皋说道："好计，就按你说的办。"两人商议已定，便分头准备，只等敌军前来劫营。

敌军一更天起身吃饭，二更暗出营寨。三更时分，张尔铣、陈如谋一千人马，来到营后，埋伏等候。王志超、吕英俊一千人马来到营前，猛冲了进来。只听一声巨响，那前队人马多半掉到深坑里去了，众刀斧手见状，飞身上前砍杀起来。又有人点起火把，抛入坑中，那深坑之中顿时火光冲天，贼人呼天喊地，烧死无数。邝天庆见营中火起，以为是自己的人马在营中放火，便带着人马冲了进来，不分敌我，见人便杀。徐鸣皋见贼人自相残杀，便命人往营寨飞射火箭。陈如谋躲避不及，中箭而亡。张尔铣见势不妙，便要逃走。邝天庆见他要跑，顿时怒气冲天，飞马上前，一刀将他砍杀，大怒道："都是你这蠢货，要不今夜也不会败得这么惨！"说罢，调转马头，冲出营寨，往远处逃去。一场夜战，敌兵死伤不计其数。次日清晨，邝天庆在竹林中收拢了一千多个残兵，丢了营寨，逃回南昌去了。南康知府郭庆昌见敌军已退，亲率城中大小官员、富豪乡绅出城劳军，便不细述。

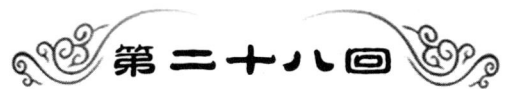

第二十八回

宁王紧闭城门休战
非幻道人大破王师

邺天庆带着一千来个残兵逃回南昌,宁王见他如此狼狈,便大怒,说道:"你带去五千人马,回来怎么就只剩这么几个人了?"邺天庆说道:"要不是张尔铣怂恿我夜袭贼营,也不会败得如此惨。"宁王说道:"今天你兵败而回,我本该军法处置,砍了你的脑袋。只是现在正是本王用人之际,我就先留下你的脑袋,将功赎罪。"邺天庆叩头谢恩。军师李自然说道:"徐鸣皋解了南康之围,必引兵来南昌和王守仁会合。你可引兵三千,再袭南康,南康守军见我军败退,必然疏于防范。"宁王说道:"此次前去,要是再不能取胜,就不要来见本王了。"邺天庆说道:"末将要是不能取南康,愿提人头来见。"说罢,磕头拜谢,出王府去了。

过几天,有探子来报说:"王守仁大军在离城三十里扎下营寨。"李自然说道:"王守仁所部人马有十万之多,手下猛将如云,要是出城和他对阵厮杀,恐要吃亏,不如紧闭城门,传邺将军、雷将军回来,再和他决一死战。"宁王说道:"如今也只能这样了。"说罢,传令下去,命两人火速回援南昌。

王守仁在南昌城外扎下营寨,有探子来报说:"南康之围已解,徐鸣皋、一枝梅两位将军正引兵前来和大军会合。"王元帅听罢大喜,便传众将军商量明日攻城之事,众将军说道:"现在敌主将都在城外,我们要是去叫阵,那贼王无将可派,必定紧闭城门,一兵不出。"

次日,大军在南昌城下摆下阵来,王元帅亲临阵前,大声喊道:"宁王无道,犯上作乱,今日我奉天子之命,率十万大军前来剿灭叛逆,你们要想活命,就早早开了城门,投降过来。"还没等话说完,城头上便飞射下无数箭矢,众将见状,慌忙上前抵挡,引王元帅退回阵中。王守仁见贼人死守不出,便命众将士乱骂起来,直把宁王骂得狗血喷头,一无是处。怎奈敌军就是不出,一连好几天都是如此。

过几天,突有探子来报说:"邺天庆再袭南康,城中将士疏于防范,被其攻破。"王守仁听罢,叫来徐寿、周湘帆,说道:"南康已被邺天庆攻破,你们快带五千人马前去夺回来。"两人领命,率军火速前往,将南康城团团围住。邺天庆见城外官兵无数,本想闭门不战,怎奈有宁王调他即刻回援南昌的军令,只得率全军将士往外冲杀,一连冲了三天,都没成功。第四日,邺天庆又大开城门,命全军将士只准向前,不准后退,违令者斩,众敌兵得令,只有死命地往前冲。徐寿、周湘帆见敌兵来势凶猛,难以抵挡,便分开一个口子,等一半人马跑了出去,便又将口子合上。邺天庆见士兵逃出大半来,便带着众将士马不停蹄地赶回南昌去了。

官军在南昌城下叫骂了几天,也没什么结果。王元帅反被叛贼杨璋气得半死,回营大怒道:"他日开战,我定要将此贼生擒回来,千刀万剐。"一枝梅说道:"他是个文人,不上阵打仗,怎么擒得了他? 不如我今天晚上就潜进城去,砍了他的脑袋。"王元帅说道:"这样也好,只是要多加小心。"

入夜,一枝梅飞身入城,一路找来,不多时就来到按察使衙门,飞身上房,来到后院,见正房内有人说话,便躲藏起来。只听一妇人说道:"老爷,如今朝廷大军将南昌城团团围住,却该如何是好?"杨璋说道:"宁王仁义,待我不薄,他日君临天下,我们这些有功之人必能封王。"那妇人说道:"大人千万不要执迷不悟了,宁王造反,名不正言不顺,怎么能成大事? 老爷投靠他,真是自投死路。"杨璋说道:"你个贱货,知道什么事情? 敢来教训老爷我,要是再来多嘴,我就一刀砍了你。"一枝梅在外面听得清楚,早就忍不住了,飞身进房,一刀把他的头给劈了下来。那妇人见状,吓得晕死过去。一枝梅带着杨璋的人头来到宁王府,将头颅摆在宁王的书桌上。次日宁王来到书房,见一血淋淋的人头摆放在那里,顿时吓得晕倒过去。李自然见状,慌忙喊了人来,将他扶上床。宁王躺了好一会,才醒过来,见李自然在前,便问道:"是谁的头?"李自然说道:"杨璋的。"宁王说道:"是本王连累了他。"说着,落下泪来,又命人将他厚葬。

次日,有人来报,说郏将军已回南昌,宁王传他进来,仔细问明情况,得知南康得而复失,便觉可惜。又有人来报说:"雷遇春也回来了,只是卧病在床,不能出战。"李自然说道:

"两位大将虽然都回来了，可惜不能出战，要是徐仙人在就好了。"宁王说道："徐仙人要是在，他那十万人马又有什么好怕的？"就在此时，突然有人来报说："徐仙人带着一个道士前来求见。"王爷说道："说曹操，曹操就到，快快有请。"说罢，亲自迎了出去。徐半仙带着一道士上前来，说道："王爷亲自迎接，如何担当得起啊！"宁王说道："仙人不必多礼。"徐半仙说道："我知王爷有难，特请我师兄非幻道人前来相助。"宁王便对那道士说道："不知仙人来此，有失远迎，还望恕罪。"非幻道人说道："宁王仁义，天下归顺，我自当尽力辅助，也好保王爷登上帝位。"宁王听罢，大喜，亲引二人进入厅堂，又传下宴席，为两位仙师接风洗尘。

来日，有人来报说："官军又来城下索战。"非幻道人说道："王爷，就让贫道去和他们会一会。"说罢，和众人来到城上，见城外千军万马，喊声震天，便说道："人多势众，却也无用，就看贫道如何对付他们。"说罢，从葫芦里倒出一纸鹿，片刻化作一梅花鹿来，跨了上去，叫了声："走。"便往大军飞去。王守仁见一道人前来，便说道："谁去迎战？"罗季芳说道："末将前去。"说罢，提了单刀飞马上前，和那道人打斗起来，才斗三四个回合，只见那道人用手中木剑指着罗季芳说道："倒。"罗季芳便像中了妖魔一般，从马上跌落下去。徐鸣皋、一枝梅见状，大怒道："大胆妖人，乱用邪术，必遭天谴。"说罢，飞马上前，和他打斗起来。二人斗他一人却也费劲，只见那道人手中木剑化作两把，在空中左击右打，一连斗了十多个回合，非幻道人说道："得。"那木剑便飞射下来,将二人的肩膀刺了一剑。两人中剑,见势不妙,便飞马回阵。就在此时,非幻道人取出葫芦,揭开盖子,口中念念有词,顿时飞沙走石,朝大军猛吹过来,众将士慌忙躲避,四处逃散。贼军见状,纷纷追杀出城来,官军一连败走三十多里。

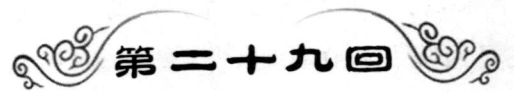

第二十九回

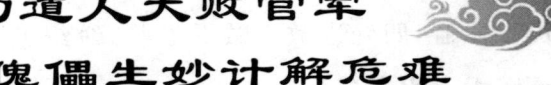

非幻道人大败官军
傀儡生妙计解危难

官军大败而回，鸣皋、一枝梅等英雄受了些轻伤，用过药后，便无大碍。王元帅升帐，传众将商议道："贼道妖法厉害，今天落败，都拜他所赐。要是他再来，难免还要吃大亏。"鸣皋说道："他的妖法虽然厉害，却也可以破除，只要准备好乌鸡血、黑狗血，等他再用妖法，便朝他喷血，就能破除。"王元帅听罢大喜，传令各军多做准备。

过两天，大军休整过后，来到南昌城下，鸣皋说道："妖道快出来，本将军和你大战三百回合。"非幻道人见鸣皋前来索战，便对宁王说道："王爷，贫道下去会他一会，请王爷看场好戏。"宁王说道："这人非常厉害，我有好几个将军都被他所伤，仙师还是小心为上。"非幻道人笑道："王爷多虑了。"说罢，骑着梅花鹿飞下城去。鸣皋见他来战，飞枪上前，非幻道人便取出木剑，左挡右击，轻巧自然，两人连斗了二十个回合，鸣皋渐落了下风。徐庆、包行恭、狄洪道、罗季芳、李武、卜大武、徐寿见鸣皋打斗不过，便一起上来。非幻道人见众将来战，便对宝剑吹了口气，大喊道："变变变。"那木剑顿时化作八把，分射出来，和八人打斗起来。非幻道人见众将疲于应付，便在一旁大笑道："你们这些小毛孩，慢慢打吧，贫道先休息一会。"只见那木剑在空中左攻右击，弄得众英雄只有招架之力。王元帅见众英雄被贼道妖法纠缠，便命人将那备好的黑狗血喷射过去。空中木剑顿时化作一些纸片，飘落下来。众将见妖法已破，便飞身上前再来和非幻道人打斗，非幻道人见七八个人冲杀上来，知道抵挡不住，慌忙取出葫芦，揭开盖子，朝众将喷起火来，那火势凶猛，众将士慌忙躲避，却也来不及了，官军之中顿时一片火海。王元帅见状，忙命人再喷射黑狗血，哪知那黑狗血都已用尽。敌兵见官兵被大火烧得四处逃窜，便冲杀过来，众将士一边抵挡，一边后撤，一连败走了三十多里。

非幻道人大胜而回，宁王设宴庆功，宁王说道："仙师道法高深，今天一见果然名不虚传。"非幻道人说道："此乃小计，王爷不需夸耀，今天贼人败去，必定忙于休整，疏于防范，要是夜里前去偷袭，定能大胜。"宁王说道："好计策，今夜就去袭营。"敌军参谋刘养正说道："今天大胜，确实可贺，只是南昌孤城，人众有限，要是久战，就是得胜也没什么用，每次大战，城中兵马就会少去很多，粮草每天都在减少，最后还是难逃一败。"宁王说道："先生言之有理，不知该如何应对？"刘养正说道："如今之计，一边和王守仁大军纠缠，一边暗地里派兵直取九江，再图安庆。这两处一得，便可分兵芜湖，直取南京，坐拥半壁江山，和朝廷分庭抗礼。"宁王说道："果然金玉良言。"李自然说道："如此图谋，果然深远。"宁王说道："我身边只有邺天庆、雷遇春两个大将。现在南昌情势危急，要有人留守。"刘养正说道:"南昌有徐仙人、非幻道人在此,便可高枕无忧了,王爷可派雷遇春率兵三千先取九江,九江此时空虚,容易袭取。得了九江,便可直取安庆。"宁王听他言之有理,便命雷遇春带领三千人马奇袭九江,便不细说。

官军被妖道一把火烧得大败而回,兵马损伤不计其数。傀儡生得知大军有难,便御风而来。鸣皋见师叔前来,上前拜道:"师叔前来救治众将士,我等不胜感激。"傀儡生说道:"一点小伤,也没什么大不了的,用些丹药便可痊愈。"说罢,从葫芦里取出两颗药丸,说道:"用水化了敷上就好。"鸣皋接过药丸,用水化了开来,给众人一一敷上,那烧伤之处顿时好了大半。王元帅听说傀儡生前来,便来到偏帐,说道:"仙师来此,为何不早来通报? 我也好出去迎接。"傀儡生说道:"不敢有劳大帅,今天我来有大事商量。"王元帅说道:"仙师请讲。"傀儡生说道:"早上我路过南昌城,见那敌营上空妖气很大,便潜伏进去,探得贼人今夜要来袭营。"王元帅说道:"多谢仙师,要不是事先知道,今夜恐怕又要死伤无数了。"说罢命人分头准备。

二更时分,还不见贼人前来,王元帅便说道:"贼人还没来,该不会发生什么变故了吧?"傀儡生笑着说道:"时辰未到,贼人还在吃饭。"王元帅说道:"言之有理,就等他来。"时到三更,突然营外一声炮响,敌军蜂拥而入。郏天庆一马当先,直入营中,见营房各处灯火通明,便知上当,调转马头想要撤退。徐鸣皋、一枝梅、徐庆见他要跑,飞马上前厮杀起来。埋伏在两侧的士兵见贼人进入营寨,便飞射火箭,一阵箭雨过后,又有无数刀斧手冲杀出来,贼人顿时乱作一团。

火烧官军

非幻道人在后面见营寨中杀声震天,以为前军偷袭成功,便赶着梅花鹿飞奔上来。狄洪道、李武、杨小舫见他过来,便飞身上前打斗起来,三人斗他一个,却也费力。非幻道人见他三人一味纠缠,脱不得身,便使了妖法和三人打斗,哪知官军早有防备,见他使出妖法,便有士兵冲上前来,猛喷黑狗血,弄得非幻道人一身血水,妖法顿时破去。非幻道人见情势危急,也顾不得自家将士夹杂在里头,取出葫芦便喷起火来,大火烧得众将士顿时抱头鼠窜。非幻道人见状,大笑道:"今天晚上我便要把你们烧个片甲不留。"傀儡生见状,连忙取出宝剑,抛向空中,顿时大风四起,那火苗调转过头来,直往敌兵身上烧去,敌兵顿时烧伤无数。非幻道人见状,慌忙使了道法,唤来一场暴雨,将那火苗熄灭。徐鸣皋、一枝梅、徐庆和郐天庆打斗了四十多个回合,此时,敌兵多半败逃而去,郐天庆见势不妙,便狠命地朝徐庆攻来,徐庆虽然勇猛,却也抵挡不住他这亡命般地杀来,只得后退,郐天庆见他避开,便趁势跑出营去。非幻道人见大势已去,便化作一道黑气,消散在树林里。

天色渐亮,郐天庆带着几百残兵回到南昌城中,向宁王请罪,说道:"卑职无用,大败而回,请王爷降罪。"非幻道人早已回来,见郐天庆上前领罪,也满脸羞愧地拜倒在地上,说道:"贫道有负王爷重托,请王爷责罚。"宁王见他如此,慌忙上前搀扶起来,说道:"仙师何故如此?此等礼数不要也罢,昨夜虽败,却也有昨日早上的大功可抵。"李自然说道:"贼人如何知道我们要去袭营?我料他定有能人相助。"非幻道人说道:"我本已使了火攻,突然有一阵怪风吹来,火苗转过头来,直烧我军将士,无奈,我又唤来大雨,将火浇灭。"宁王也觉奇怪,便命探子前去打探。次日,探子回报说:"有一个叫傀儡生的在官军营中,救治了无数伤兵。"非幻道人听罢,说道:"原来如此,都怪我大意,要是早做防备,这种小伎俩怎么奈何得了我?"宁王说道:"我军将士这次损伤大半,以后只能紧闭城门,严防死守了。"非幻道人说道:"城中兵马虽然不多,天上却有,我明天便做道法,请天兵前来将官军剿灭。"宁王说道:"没想到仙师有如此神通,可要做什么准备?"非幻道人说道:"王爷只要命人在城内空旷处搭一高台,我便可施法请来天兵。"王爷听罢,命人速速前去搭设高台,好让非幻道人施法。

次日,高台搭起,非幻道人来到台上,命童子摆上香炉、烛台,亲自焚起三炷清香,连拜三回,说道:"天兵天将,快快前来,听我号令,为我除贼。"说罢,再拜。过三个时辰,非幻道人再上高台,焚香拜请,如此一连四回,大功告成。宁王说道:"仙师辛苦了,请快坐下休息。"非幻道人说道:"大功已成,只等天黑,天兵便可将官军剿灭,明天一早派人前去收拾残局就好了。"徐半仙说道:"师兄如此行事,有悖天意,他日恐要招来报应。"非幻道人说道:"我为王爷,即为天下苍生,区区十万兵马又算什么。"宁王说道:"仙师一心为本王,我自然会铭记在心,他日事成,当封仙师为护国大法师。"非幻道人俯身拜谢。

敌兵夜袭营寨,大败而回,众将士士气大振,鸣皋说道:"敌人这次大败,元气大伤,恐怕一时不会再来偷袭了。"王元帅说道:"我军伤病也不少,还要好好休整些日子。"一枝梅说道:"敌人妖法厉害,未必就肯善罢甘休。"傀儡生说道:"我明天要去天台，便不再久留，后天大军恐有大难，要早做安排。"王元帅说道："道长料事如神，还请明示。"傀儡生说道："天机不可泄露，后天太阳落山之前，大军务必离开此地，移师吉安。"说罢，又从袖中取出一红色口袋给鸣皋，说道："后天离开前，将此物撒在营寨四处。"鸣皋领命。傀儡生将诸事吩咐清楚，便化作一道白光，飞射而去。过两天，王元帅一声令下，大军开拔，往吉安去了，徐鸣皋按傀儡生的吩咐打开口袋，见里面有许多草秆、黄豆，便在营寨四处撒了个遍。

非幻道人高台施法已成，王爷设宴为他庆功，非幻道人说道："今夜便可见分晓。"宁王说道："官军要是给灭了，本王大事可成矣。"说罢，哈哈大笑起来，众人见王爷高兴，自是奉承一番，酒席之间多有客套，便不多说。

次日一早，邺天庆亲带了一千人马来到营前，只见营内寂静无声。打开营门，不见一人。邺天庆命士兵在营内找了个遍，只发现一些小豆，拾起几颗，带了回去。宁王和众贼人早早在那里等候，只等好消息一到，便好开宴庆功。邺天庆飞马而回，说道："没有看见官兵尸首，什么地方都找了，就发现这个东西。"说罢，从口袋里取出几颗小豆来，非幻道人见罢，大呼上当。王爷说道："什么缘故？不过是些豆子。"非幻道人说道："贼人用撒豆成兵的法术和我请来的天兵打斗了一夜。"突然又有探子来报说："王守仁兵马已开往吉安去了。"宁王听罢，心头不快。就在此时，又有探子来报说雷遇春已攻克九江，众贼人听罢大喜，开宴庆贺，便不多说。

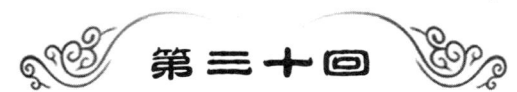

第三十回

官军夜袭贼营大胜
非幻道人南昌搬兵

非幻道人请来天兵，本以为可以大功告成，到头来却是一场空，便对傀儡生恨之入骨，一心要雪前耻，于是向王爷请令说道："官军逃往吉安，我想领兵前去攻打。"宁王说道："官军十万多人，你带几千人去，怎么打得过他们？"非幻道人说道："本仙人自有妙计。"宁王见他胸有成竹，就拨给他三千人马，前往吉安和官军交战。

王元帅在吉安扎下营寨，没过几天，就有探子来报说："九江失守了。"王元帅升帐，和众将商议道："如今九江已失，敌兵必向东取安庆等府，情势危急，我想用离间计，派人潜入南昌，散布谣言，说宁王马上就要挥师南京，那老贼定不敢去，要是他敢去，我便抄他老巢。"次日，又有探子来报说："非幻道人和徐半仙带兵来袭吉安。"王元帅说道："两个妖道离开南昌，我便不忌讳他了。"说罢，命一枝梅、徐寿、周湘帆、杨小舫四人带一万人马，奇袭南昌，如果南昌一时攻克不下，便分兵一半，奇袭九江，众将领命而去。

非幻道人带三千人马来到吉安，扎下营寨，便命人送信给王守仁，约他后天前来破阵。王元帅说道："妖道约我后天前去破阵,大家说怎么办?"鸣皋说道:"敌兵刚到,不如今夜前去劫营。"徐庆说道:"相约后天,今夜就去,恐怕失信于人。"鸣皋说道:"兵不厌诈,答应后天破阵,又没答应今夜不去劫营。"王元帅说道:"言之有理,今夜便去劫营。"说罢,命众将军各做准备。

二更时分,徐鸣皋、徐寿等将军各带领一千人马出营,分头行事。三更时分,号炮一响,一齐进攻。敌军连走几天,多有劳累,便早早休息。非幻道人突然听到大队人马从四面冲杀进来,慌忙起身,抓起宝剑、葫芦,出帐来战,见鸣皋便大骂道:"你们这些小人,言而无信,说好后天再战,怎么半夜就来了。"说罢,飞刺一剑,鸣皋用枪挑开,王能、李武、狄洪道见状,冲杀上去,四人斗他一个,一场恶战,直打得天昏地暗。非幻道人见打不过,便使了妖法,边上士兵见状,便用黑狗血齐射过去,那飞剑顿时化作纸片,飘落下来。非幻道人见剑阵被破,便打开葫芦来,顿时飞沙走砾,狂风大作。众士兵慌忙喷射黑狗血,顿时风平浪静。鸣皋大喜,再想上前和非幻道人打斗,却找不到他了。徐半仙和徐庆大战三十回合,也落荒而去。

非幻道人首战大败,折损了两千多兵马,徐半仙说道:"本想摆下阵来,等他来破,没想到他半夜来袭,现在人马不齐,大阵也没法摆了。"非幻道人说道:"如今只能向王爷再要两千兵马来,只要我摆下非非大阵,必能大败官军。"徐半仙说道:"先前我摆下迷魂阵,还不是被他们破了,你还是小心点为好。"非幻道人说道:"非非大阵精妙无比,千变万化,那傀儡生本事再大也难破去。"徐半仙说道:"那就派人送信给宁王,再要两千兵马来。"主意已定,亲自写了一封信,让人送去南昌,此处便不细述了。

一枝梅率大军来到南昌,扎下营寨,便暗自潜入城中。入夜,飞身进入王府,跃上屋顶,揭开瓦片,见众贼人正在商议军机大事,只听李自然说道:"非幻道人大败,不是因为他的道术不高,而是王守仁言而无信。如今官军中多有剑客相助,要是我军中无非幻道人、徐半仙等能人,到时候怎么应付,今天派兵再去,摆下大阵来,便可把官军十万人马拖在吉安了,要是今天不派兵过去,非幻道人和师弟徐半仙必然舍我而去,官军十万大军不用几天就会来袭南昌。"宁王说道:"军师说得在理。"刘养正见王爷如此说,便问道:"王爷为何要起兵?"宁王说道:"夺取天下。"刘养正说道:"既然为了天下,就应该心怀天下,图谋久远,不争尺寸之地,不患得患失。只纠缠在一个地方,必然劳而无功。"宁王说道:"先生言之在理。不知如何图谋才算久远?"刘养正说道:"先取南京,登基就位,则名正言顺。南京现在毫无防备,王爷要是带大军奇袭南京,必可大破。南京既得,江浙可图。这两处地方物产丰富,足以供养大军,到时便可以纵横天下。如今只争南昌弹丸之地,如何能成大事?"李自然说道:"刘先生言之有理,只是不切实际,如今兵马不足,又拿什么挥师南下,南昌是王爷的根本所在,怎能抛弃得掉。如今大军前去南京,王守仁定会派兵来袭我军后翼,那时便会腹背受敌。"宁王听罢,好不烦恼,要是不取南京,只在南昌附近征战,拖也给朝廷拖死，要是去取南京，则南昌不保，腹背受敌，也是万分凶险。正在宁王犹豫时，李军师说道："攻打南京和派兵增援是两回事情，可分头行事。"宁王暗想：李军师说得很有道理，也比较切合实际，刘养正说得未免夸夸其谈，不切实际。此时又有人来报说："城中传言宁王要取南京。"宁王就更信李自然的话了，从此便不再相信刘养正了。主意已定，宁王就不发兵南京了，只派三千人马前去增援非幻道人。

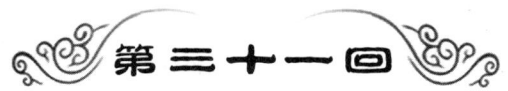

第三十一回
一枝梅设计败贼军
郏天庆深夜袭官军

　　一枝梅差人将探得的消息送去王元帅帐中，次日便率军大举攻城。宁王见官军来攻，暗自庆幸道："还好没有听刘养正的，要不连个守城将军都没有。"说罢，命郏天庆前去迎战，两军大战一天，各有得失，打了个平手。次日再去挑战，宁王命人紧闭城门，任你如何谩骂，就是不来接战。一枝梅暗想：看来只能诱敌出来，半路设下埋伏，才可取胜。主意已定，便让将士每天前去谩骂，又佯攻了几次，每次都败落下来，宁王见城下官军日渐疲惫，便说道："明天要是再来攻，便杀出城去。"众将领命，次日再战，敌将便纷纷追杀出来，一枝梅率领众将士落荒而逃，敌人紧追不放，一直来到马耳山。那事先埋伏在山后的周湘帆、徐寿等将军见敌人冲杀过来，便率军冲上前去，将敌军团团围住，一阵厮杀过后，敌兵战死十有八九。

　　埋伏在城外树林里的杨小舫见敌军追出城去，以为南昌已经空虚，便引兵前去攻打，哪知那郏天庆还在城中，见官军前来攻城，便引一队人马，杀出城来。杨小舫和郏天庆斗了十多个回合，便败落下来，骑着白马一路往马耳山跑来，郏天庆一路紧追过来。此时那被困在马耳山的敌兵已被消灭大半，一枝梅、徐寿见郏天庆追了过来，便飞马迎战，四人大战一回，郏天庆落荒而去。

郏天庆回到城中，很是恼火，李军师笑道："今天虽然损伤了两千兵马，我料官军必然喝酒庆贺，晚上前去袭营，定可成功。"宁王说道："就按军师说的行事，"夜到三更，郏天庆亲率三千人马前去劫营。一枝梅所部白天大胜敌军，夜间便喝酒庆贺，直到一更天才散去，贼人前来袭寨，一点都不知道。一枝梅听帐外杀声震天，慌忙起身，出帐厮杀。那贼人太多，一时无法突围，便对着敌兵狂杀起来，不多时便杀死一百多个，那敌兵见他如此厉害，便不敢太靠近去。就在此时，郏天庆飞马冲了过来，一枝梅挥刀便朝那马腿砍去，郏天庆用戟一抵，将大砍刀隔开了去，两人你来我往，斗了十多回合，一枝梅见不能胜，便飞射一弹，正中郏天庆的额头，顿时血流不止。郏天庆受伤便逃，一枝梅重新杀入敌阵中去，见徐寿、小舫正在和敌将打斗，便杀了过去，一刀一个将两敌将砍下马来，敌兵见势不妙，便纷纷撤退。次日清晨，一枝梅收拾残军，只得一半人马。此时信使前来传元帅令，命一枝梅带领人马赶回吉安。一枝梅所部人马休整两天，便回兵吉安去了。

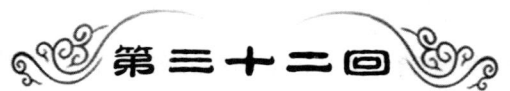

第三十二回

徐鸣皋身陷非非阵
宁王诚请鸿儒助战

　　宁王新派去的三千人马到了吉安，非幻道人便连夜摆下非非阵。次日一早，写了一封信，请王元帅前来破阵。王元帅接信后，便命徐鸣皋、徐庆前去破阵。两人来到非非大阵前，鸣皋说道："这个阵非同一般，我今天进去，如果出不来，你就去请师叔来救，千万不要再进来了。"鸣皋进入阵中，顿时觉得奇冷无比，非幻道人见他进入死门，便说道："你到我阵中来，不用我来杀你，只要等上五天，就会被活活冻死。"徐庆等了很久，见鸣皋还不出来，便知已被困在阵中，只好先回营去。就在此时，一尘子、傀儡生、海鸥子、玄真子来了，王元帅见众剑客来助，便说道："鸣皋身陷阵中，恐怕有性命危险。"海鸥子说道："我徒弟命中该有四十九天大难，四十九日一过，就能脱困，元帅不需担心。只是这非非阵千变万化，非我们几个人能破。"元帅说道："此阵怎么个厉害法？"海鸥子说道："此阵分十二门，分别是死、生、伤、亡、开、明、幽、暗、风、沙、水、石。其中只有开门、明门、生门三门可进可出，其他都是死门。死门内到处都是污秽之气，误入其中，必被秽气熏死，要想破除此门，需带上辟秽丹前往。伤门内多火气，误入其中,必被热气蒸死,要想破除此门,需带上招凉珠前往。亡门内阴气袭人,误入其中,必被冻死,要想破除此门,需带温风扇前往。幽、暗二门阴气腾腾,暗无天日,要想破此二门,需带光明镜才可进去。风、沙、水、石各门都是危机重重,风门内狂风不止,沙门内沙尘漫天,水门内暗流汹涌,石门内飞石乱袭。大阵中央有一落魄亭,这亭子玄妙非常,任你是什么人,都要在此迷去心智,想入非非,此阵最难破的就在此处。"王元帅说道:"原来如此,那该怎样才能破了此阵?"玄真子说道:"只要有温风扇、招凉珠、光明镜等宝物就能破除,只是这些宝物现都不在我军手中。"元帅说道:"这些宝物现在哪里?"玄真子说道:"招凉珠,在宁王碧微王妃皮箱里,用小木盒收着。温风扇在徐鸿儒手中,光明镜在那徐秀英手中,都难拿到。"一枝梅和焦大鹏说道:"我们先去把招凉珠偷来。"说罢,两人离开大营,御风前行,不多久,便来到宁王府。两人见王府内到处都是人,不好动手,便用声东击西之计,一枝梅在大殿上放火,吸引贼人。焦大鹏见大殿火起,他便趁机潜入碧微妃子宫中,点上熏香,将宫中人熏晕过去。便四处寻找起来,见一皮箱,用刀划开,内有一锦盒,揭开盖子,只觉一股寒气刺入骨髓,连忙盖上,放在胸口,飞身出来,只见远处一枝梅正和郏天庆打斗,便飞身前去助战。郏天庆见焦大鹏过来,顿时呆了去,一枝梅趁势砍了一刀,正中小腿,郏天庆从屋顶上跌了下去。一枝梅问道:"宝物到手没?"焦大鹏说道:"拿来了。"一枝梅说道:"走吧。"说罢,两人御风而去,消失在茫茫夜色里。

宁王听说夜间有人入府,便说道:"贼人来此定有缘故。"李自然说道:"不好,肯定是为那招凉珠来的。"宁王慌忙命人往碧微妃子宫中查看。不久,那人回来报道:"珠子已被贼人盗去。"李自然说道:"官军多有剑客帮忙,非幻道人恐不是他们对手,不如叫徐半仙去请他师父徐鸿儒出山,此人道术高深莫测,神通广大。"宁王说道:"我也早有此意,只是徐鸿儒恐怕不会来管我们的事情。"李自然说道:"王爷可写一封信给他,话说好听点,再答应他大事一成,就封他做护国真人,我想他会来。"王爷听罢,便亲自写了一封信,差人前往吉安交给徐半仙。徐半仙接到王爷的书信,便前往王屋山请师父下山。过几天,徐半仙来到山中,见师父正在炼丹,便上前跪拜行礼,徐鸿儒说道:"你不是和你师兄在吉安摆阵吗?怎么回到山中来了?"徐半仙说道:"王爷差我送一封书信给师父。"说罢,呈上书信,鸿儒接过信来看罢,说道:"宁王请我下山,只是我久在山中,懒得管那山下闲事。"徐半仙说道:"那七子十三生目中无人,连败我和师兄两阵,猖狂得很,全不把师父放在眼里。"徐鸿儒说道:"你两个本来就不是他们的对手,不过在我看来,他们也不过是些只会用用剑的剑客而已。"徐半仙说道:"师父法力无边,自不把他们放在眼里,只是徒弟们却要给师父丢人了。"徐鸿儒道:"既然是王爷请我,下山一回也好。"说罢,两人下山去了。

过两天,师徒两人来到南昌,进入王府,宁王慌忙迎接出来,说道:"不知仙人驾到,有失远迎,失敬失敬。"徐鸿儒说道:"王爷宽仁,爱民如子,前些天来信请我出山,我自当全力相助。"宁王说道:"有仙师来帮本王,何愁大业不成,现在我就先封仙师为广大真人,等功成之后,再行加封法号。"徐鸿儒谢过。宁王说道:"仙师神通广大,想那七子十三生也绝非仙师对手,今天仙师来帮我,我就可高枕无忧了。"徐鸿儒听了这番话,心中自然高兴,便说道:"不是贫道口出狂言,那七子十三生在我看来不过是些要弄宝剑的剑客,没有什么大不了的,要是碰到我,就是来一百个,也让他身首异处。"宁王听罢大喜,命人摆下宴席,为鸿儒接风洗尘。次日,鸿儒便亲带五千人马前往吉安,此处便不多说。

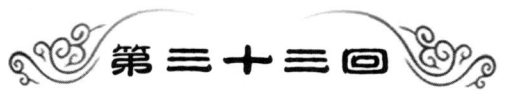

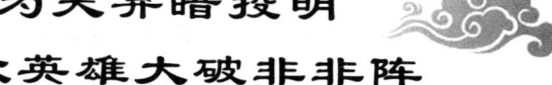

却说一尘子来到徐秀英住处偷盗光明镜,却听见秀英在房内暗自伤神,为鸣皋担忧。一尘子见她对鸣皋情谊深厚,便现出身形,说道:"不要怕,刚才小姐说的话我都听到了,没想到小姐对鸣皋这样有情有义,现在鸣皋身陷阵中,小姐为什么不去救他?"秀英红着脸,说道:"他是死是活和我有什么关系!"一尘子说道:"你和他有十世姻缘,我本来是为偷光明镜来的,见你对鸣皋有情,定想救他出来,才现出身来。要是你信得过我,我愿请大帅为你做媒,让他师父为你说情,定让你称心如意。"徐秀英暗想:宁王气数不长,师父和哥哥也是助纣为虐,不如早早地投靠过去,也好有个出路,再说鸣皋和自己还有十世姻缘未了。便说道:"愿听安排。"一尘子说道:"你假装去帮你师父,便好暗地里救出鸣皋。"秀英点了点头,一尘子便回营中去了。

次日,秀英告别宁王,直往吉安去了。来到王元帅帐下,她送上光明镜,说道:"还望元帅言而有信。"王元帅说道:"这等美事,愿意成全。"秀英含羞不语,一尘子说道:"现在只少那温风扇了,还有劳小姐盗它出来。"秀英说道:"我自当尽力，只是这扇子在师父手上，很难偷盗得出来。"说罢拜别，直往敌营去了。

徐秀英来到敌营，见到徐鸿儒，便跪拜行礼，说道："前些天身体不好，没有过来看望师父，还望师父见谅。"徐鸿儒说道："没事，今天你来得正好，你就专管阵中的落魄亭。"徐秀英领命，又向非幻道人和徐半仙一一行礼，说道："听说徐鸣皋已陷入阵内，我想去看看。"非幻道人说道："贤妹管他做什么？"徐秀英说道："我对他恨之入骨。大哥摆迷魂阵时，他偷了我很多法宝，现在他落在我们手中，我怎能放过他？"非幻道人说道："原来如此。"徐秀英说道："把徐鸣皋找出来，让小妹带回去，好好折磨死他，师兄你说好不好？"非幻道人说道："随便你怎么处置他。"说罢，非幻道人领着秀英进入阵中，走过几个门户，但觉奇冷无比，远远地看见徐鸣皋正躺在地上，走到跟前，只见他全身坚硬，面色苍白。徐秀英见鸣皋如此光景，心中难受，只是非幻道人就在边上，才强忍住泪水，说道："徐鸣皋啊！你也有今天，这回总算落在本姑娘手上了。"说罢，命人抬了回去。

到了夜里，秀英脱去鸣皋的衣服，也不顾冰冷，赤身裸体地抱了他一夜。早上起来，鸣皋的脸色已经红润了许多，到了中午便睁开了眼睛，秀英见他醒来，满心欢喜地说道："你总算醒来了。"鸣皋问道："这是什么地方，我怎么会在这里？"秀英就轻声地将如何遇到一尘子，如何受元帅所托，如何把他从死门中救出来等事情一一说了。鸣皋听完，便要起身拜谢，秀英笑着说道："你还没穿衣服呢。"鸣皋面有羞涩地说道:"多谢你来救我。"秀英说道:"我们早就是夫妻了,还说这些做什么。"说着依偎在鸣皋胸前,两人又轻声细语一回,便不多说了。

次日,秀英来到敌军大帐,见鸿儒和非幻道人正在商量御敌之事,便问道:"听说贼人要来破阵,不知师父可有把握守住此阵?"鸿儒说道:"要破此阵,需各种宝物配合才有可能,如今温风扇在我手中,他们如何破得了?"秀英说道:"我早就听说温风扇厉害,只是没见过,可以给我看看吗?"鸿儒说道:"有何不可?"说罢,带她来到后帐,从皮囊中取出一碧绿色的小扇子,递给秀英。秀英接过扇子,细细看了一会,满脸笑意地说道:"果然是宝物。"鸿儒说道:"这温风扇是老子炼丹时所用,有几千年了,法力无穷。"秀英又细细地看了一会,交还给鸿儒。秀英回到帐中,按着尺寸样式做了一把,趁着鸿儒帐前议事的时候将它和真扇子换了回来,又命丫鬟连夜送到元帅帐中,玄真子见温风扇送来了,便说道:"破阵所需的几个宝物都已到我们手中,明天便可破阵。"王元帅听罢大喜,修好战书,命人送去敌营,约好明天前去破阵。

徐鸿儒接了王元帅的战书,便传来众将帐前听令,命徐秀英掌管落魄亭,非幻道人管风、沙、水、石四门,徐半仙管生、伤、死、亡四门,自己管开、明、幽、暗四门。每一门派兵四百、偏将二名把守,又吩咐众将说道:"官兵进来,不要和他们打斗,只要将他们引到死门里去就好了。"众敌将领命,各做准备。

次日一早,王元帅一声号令,众将士奋勇当先,直冲入贼阵中。一尘子、一枝梅带五百精兵从开门杀入，没走多远，便遇到徐鸿儒骑着四不像过来，一尘子见妖道过来，便大喝道："大胆妖道，哪里走。"说罢，一剑向徐鸿儒砍去，徐鸿儒慌忙用拂尘一挡，两人斗了三四回合，鸿儒转身就往落魄亭跑去，一尘子忙向前追去，却不见他踪影。

徐鸿儒隐身来到明门，见飞云子正带着将士往里走来，便暗砍一剑，飞云子听得风声袭来，飞身躲过，知有人隐身来袭，便使了天眼，破了妖道的隐身术，见徐鸿儒正用剑刺来，便侧身躲了开去，徐鸿儒见隐身之术被他破去，便往落魄亭跑去，飞云子一路追去，过了几个门户便寻不见了。

徐鸿儒又来到幽门，见把守幽门的两个偏将带着几个残兵落荒而来，便大声问道："发生什么事情了？"那偏将见徐鸿儒在前，慌忙跪下说道："官兵杀进来，我们就往死路上引，可他们一点都不怕，有个道士手中拿着一个小镜子到处乱照，那暗门内顿时如白昼一般。弟兄们和官军厮杀了一阵，已死了大半了。"徐鸿儒暗自说道："怎么可能？那光明镜分明在秀英手中。"正在此时，那暗门中也有许多残兵跑了出来。徐鸿儒慌忙往里走去，只见凌云生手中拿着光明镜四处照射，见人就杀。徐鸿儒大怒道："大胆贼道，敢来破我大阵。"说罢，一剑刺来，凌云生侧身闪过，怒喝道："大胆妖道，宝镜在此，你奈我何？"说罢，拔剑就战，两人你来我往，斗了十多个回合，徐鸿儒见一时无法取胜，便往落魄亭跑去，来到亭前，只见数道白光飞射过来，便慌忙和那白光打斗起来。就在此时，又听得一声轰天巨响，只见那落魄亭哗啦啦地倒了下去，徐鸿儒见状,大惊失色,又见徐秀英在那里砍杀自己人,便大怒道:"大胆贱婢,你敢背叛我,看我怎么收拾你。"说罢,一剑向秀英刺来,鸣皋见状,慌忙上前用长枪抵挡过去,鸿儒一剑未中,顿时火冒三丈,掏出一宝器向秀英打来,秀英见状,忙抛出天罗地网方巾,将那宝器收了。鸿儒见宝器被收,更是怒火冲天,恨恨地说道:"徐秀英,你这个叛徒,我定要将你碎尸万段。"说罢,又从皮囊中取出一扇子来,朝着秀英猛扇了几下。秀英见状,哈哈大笑道:"你的扇子早给我换了。"此时,一尘子、海鸥子等剑客都已过来,一尘子说道:"你也算得道之人,为什么要投奔宁王,助纣为虐,逆天而行?今天大阵已破,你还是投降吧。"徐鸿儒说道:"今天这事,都坏在这贱婢手中,就凭你们,算个屁。"说罢,化作一把黑剑,直向秀英刺去。众剑客见状,忙化作剑气,护住秀英,那黑剑连刺了十多次,都被弹了回去。此时,徐半仙和非幻道人也从各自看守的门户中败退下来,见师父正斗得紧,便要上前帮忙,鸣皋、一枝梅、徐庆、焦大鹏等英雄见状,便上前和他二人打斗起来。众人连斗了半个多时辰,也难分胜负。此时,徐鸿儒见秀英就在不远处,便取出捆仙索朝徐秀英抛去,秀英躲避不及,被捆了个正着,徐鸿儒连忙将绳索往回拉。就在此时,焦大鹏往绳索上飞砍一剑,绳子顿时断成两段。徐鸿儒大怒,又拿出一压神砖,飞抛过来,焦大鹏慌忙躲避开去。此时傀儡生赶上前来喝道:"妖道,你的死期到了。"说罢,化作一道红光,直往鸿儒身上射去,接着又是一个霹雳,鸿儒慌忙避开那道红光,却被霹雳打在手臂上。鸿儒受了伤,便遁地逃去。傀儡生见状,忙暗念咒语,设下天罗地网来。

非幻道人和鸣皋、一枝梅斗得精疲力尽,见师父遁地而去,便要逃跑,却被鸣皋一枪刺中后背,倒在地上,挣扎了几下便不动了。徐半仙见师兄被杀,便大喊道:"师兄!"说罢,转头就要走,却见众英雄挡住了去路,无奈之下,拔剑自刎。

徐鸿儒逃了很久,却始终逃不出一个怪圈,便觉奇怪。就在此时,玄真子、傀儡生飘然上前,笑道:"徐鸿儒,你跑得好快啊。"鸿儒见他们嘲笑自己,便恨恨地说道:"虎落平阳被犬欺。"说罢,自刎而死。一场大战过后,整个阵内血流成河,尸堆如山。

徐鸿儒自刎

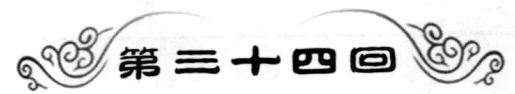

第三十四回
宁王率兵急援南康
徐鸣皋两败邬天庆

　　非非阵已破，众剑客各自离去。大军休整十天后，王元帅升帐议事，吉安知府伍定谋说道："如今敌军大败，如惊弓之鸟，元帅可命人分兵两路直取安庆、南康。这两个地方都是叛贼钱粮出处，如果被我军占了，贼人钱粮一断，困也要被困死。贼人丢了这两城，肯定要派大军前去援救，到那时，南昌城中空虚，我军就可趁机攻占。"王元帅道："伍大人，果然妙计。"于是命徐鸣皋、卜大武、王能、徐寿带兵一万，直取南康；一枝梅、周湘帆、李武、罗季芳带兵一万，直取安庆。

　　宁王得知非非阵被破，三位仙师战死阵中，一万多人马全军覆没，便大怒道："气煞我也，这可如何是好啊！"李自然说道："这次大败，元气大伤，如今之计只能贴出红榜，广招能人，多募士兵，力图东山再起。"宁王说道："先把府库中那一百万两白银拿出来充作军费，重赏之下，必有勇夫。"此时又有探子来报说："官军已派大军直取安庆和南康两地。"李自然说道："这两处是我军钱粮重地，至关紧要，如今安庆有雷将军守着，应该没什么问题，只是南康无大将把守，确实危险，如果南康被破，安庆也就难以保住。"宁王说道："那该如何是好？"李自然说道："如今之计，只有王爷和郏将军带大军一起挥师南康，才可保住。"宁王说道："如此行事，南康是能保住，可南昌却危险了。"李自然说道："南昌城防，经营多年，城高墙固，贼人一时也攻不上来，我还可多招将士，做好防守。"宁王说道："也只能这样了，那南昌就拜托你了。"说罢，命左飞虎率领一万人马前往安庆，帮助雷遇春。自己和郏天庆统领精锐三万、战将十人，开赴南康。

宁王亲率三万大军，日夜兼程，来到南康。徐鸣皋半途探得宁王已亲率大军前去南康，便让出道来，让宁王人马先行，自己绕了个大弯，拖延了许多时间。宁王来到南康，南康知府说道："早就盼着王爷来了，这回南康可保万无一失了。"宁王说道："我带了三万人马来，粮草却带得不多，还需你多多筹备。"知府说道："这个好说。"说罢，知府设宴为宁王及众将军接风洗尘，便不细说了。

过两天，有探子来报说："徐鸣皋所率人马只离城六十里了。"宁王忙和郏天庆商议道："官军刚到，路中多有劳累，如果趁着官兵扎营的时候前去袭营，定可大胜。"郏天庆说道："王爷妙计。"说罢，出帐准备去了。

徐鸣皋带着一万人马，走了十多天，来到南康城外十里，准备安营扎寨。卜大武说道："敌人早就来了，知道我军要来，如果趁我军扎营的时候前来攻打就麻烦了。"鸣皋说道："敌军狡猾，你想得不错。"说罢，命王能、徐寿各带五百弓箭手、五百刀斧手在两侧山林埋伏。又命卜大武亲带两千人马在大营后侧小山上整装待命，其余人马就地搭建营寨。

邺天庆点好八千人马在城中待命，只等着官军开始安营扎寨，便要奇袭过去。突然探子来报，说官军正在城外十里安营扎寨。邺天庆便带着人马飞奔出城，奇袭而去。来到寨前，见官军正忙着搭建营房，设置篱墙，就飞马冲了进去。那安营士兵见敌人冲杀进来，慌忙后撤。就在此时，埋伏在两侧山林里的弓箭手，拉弓射箭，营寨里顿时箭如雨下。敌兵中箭倒下许多，那些没有中箭的士兵连忙躲避，纷纷后撤。邺天庆见兵将后撤，大怒道："胆敢后退一步者，斩！"说罢，飞马上前，连杀了几个逃跑的小兵。敌兵见状，顿时停住了脚步，回转身来，向两侧树林中冲杀过来。那埋伏在林间的刀斧手见状，飞身上前，厮杀起来。埋伏在营寨后侧小山上的官兵见状，也冲杀出来，顿时喊杀声震天动地。邺天庆知道中计，却也不管，飞马直往前冲杀过来。卜大武见邺天庆冲上前来，便迎上前去打斗起来，两人战了十余个回合，难分胜负。此时有一探子跑上前来大声喊道："将军，南康被袭了，王爷让你快快带兵回去。"邺天庆一听，顿时乱了方寸，突然想起徐鸣皋不在阵前，便大叫一声："不好！速速回城。"说罢，调转马头，飞奔而去，众敌兵顿时乱作一团，官军趁机猛杀过来，敌军落荒而去。

邺天庆来到城下，不见一兵一卒，大怒道："是谁说南康被围了？"四处寻找，却不见刚才传信之人。邺天庆大叫上当，却也没法，只好带着残军回到城中。宁王见他满脸沮丧，便问道："战况如何？"天庆不语，宁王又问，他只得说道："此次大战，死了五六千人。"宁王听罢，顿时晕倒过去。

次日，鸣皋带着三千兵马来到城下索战，敌人闭门不出。一连几天，敌军都不接战，任你如何辱骂，也毫无用处。鸣皋见贼人只守不出，便命一千士兵脱去衣帽，解去鞋袜，三五成群地坐在地上，喝酒赌钱。城上敌兵见状，怒不可遏，都要杀下城来。郏天庆见状，大怒道："徐鸣皋，你也欺人太甚了，真当我无兵可用啊！"说罢，亲带四千人马冲出城来，敌军出来，众将士便往后撤。敌兵见状，顿时士气高涨，一路追杀到树林边来。郏天庆怕林中有埋伏，便命人鸣金收兵。怎奈那些敌兵一身怒气，杀得起兴，根本不听号令，一直追进林子里去。那林中机关密布，敌兵进去不多时，便死伤大半。那些侥幸没死逃脱出的，便跟着郏天庆回到城中。这一战敌兵死伤三千多人，宁王见郏天庆大败而回，大怒道："本王让你不要出战，你为何违抗军令？"说罢，便命人将郏天庆绑了，打入牢中。那南康知府见状，慌忙上前为天庆求情说道："此次落败，并非将军的错，是士兵不听将令的缘故，如今官兵把南康围困得水泄不通，除了郏将军，谁人能破强敌。"宁王没办法，只好说道："本王先记着。"说罢，亲自上前去，为郏天庆解去绳索。

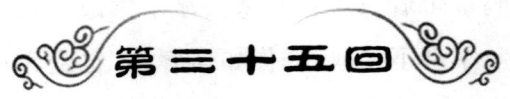

第三十五回
伍定谋设计取南昌
宁王落败退守樵舍

话说王元帅亲率二十万大军来到南昌城下，扎下营寨，升帐议事，伍定谋说道："我有一妙计，可取南昌。"王元帅说道："请快快讲来。"伍定谋说道："元帅可在军中装病，敌军见元帅病倒，必会前来偷袭。元帅再派两万精兵，半夜奇袭南昌，必可大功告成。"元帅听罢，大喜，便装起病来，大军也暂做休整。

李自然探知王元帅病倒，大军暂时按兵不动，便想来劫营，却又想这王守仁奸猾，怕有奸计，于是打定主意，紧闭城门，坚守不出。一连等了几天，王元帅见敌军不动，便命众将士连夜攻城。入夜，焦大鹏、徐庆、包行恭、杨小舫得令，各带五千精锐，备好沙袋，四更来到城下，直接往城下抛投沙袋，不多时，沙袋堆积如山。敌军见沙袋越堆越高，忙命弓箭手，飞射火箭，却也无用，又用火烧，也收效甚微。众将士见沙堆已堆成，便狂冲了上去，敌兵见官兵冲杀上来，抵挡了一会，便四处逃命去了。李自然见官兵杀了进来，顿时乱了手脚，不知该如何是好，新招来的偏将古文龙说道："军师保住性命要紧。"说罢，亲带一队人马，一路厮杀，护送李自然从南门逃了出去。过几天，来到南康，见到宁王，说道："王爷，我有负重托。你就杀了我吧。"宁王听说南昌已失，顿时晕倒在地。

官军来到南昌城中，守住东、西、南、北四处城门，又派数队人马，在城中四处搜查那些潜逃的官员。宁王之父宜春王见南昌城已破，便收拾了宝物，潜入民众之中，想要混出城去。守城官兵见他包裹很重，便要拿来搜查，宜春王见状，夺路便往城外跑，那金玉宝器不慎洒落一地。徐庆见状，飞马上前，一把将他抓了起来，带到王元帅帐中。宜春王见王元帅在前，就破口大骂道："你这恶贼，坏我儿大事，我做鬼也不放过你。"王元帅见他年老，便不和他计较，只命人将他押入大牢，严加看管起来。宁王府内离宫之中，机关重重，徐鸣皋和徐秀英夫妇同心协力，将其攻破，便不细说。宫中宝物不计其数，一一造册，收缴入库。其中美女、丫鬟、杂役有数百人之多，一一遣散，各归各处。

正德天子得知南昌已破，宁王大势已去，便带着张宁等太监及万把御林军御驾亲征，一路过来，却也无事。快到南昌时，有几个江湖刺客受了宁王的厚赠，舍命前来行刺，却被焦大鹏杀死，在此，便不细说了。

宁王得知南昌被破，发誓要将它夺回，便连夜命郐天庆集结全城兵马，直杀回南昌来。在路过盘螺谷时，却中官兵埋伏。只见两边高谷之上，滚落下无数木头、石块来，带去的士兵顿时死伤大半。宁王见状，慌忙命大军后撤。敌军一路逃亡，来到樵舍，安下营寨，又命人送书信去安庆，请雷遇春前来营救。雷遇春收到书信，率两万大军前来和宁王合兵一处。

　　宁王见雷遇春带大军来到，便稍稍安下心来。又传众将前来商议军机大事，李自然说道："樵舍是个小地方，虽然易守难攻，但是这里粮草不足，如果能攻占九江，那一年的粮食就不愁了。"宁王说道："雷将军，这还得你去一趟。"雷遇春领命，带上五千人马奇袭九江。九江知府胡礼嗜酒如命，得知贼人来袭，却说道："无须大惊小怪，把城门关上就好。"雷遇春来到九江城下，见城门紧闭，便擂鼓攻打。哪知城楼上只有百来个兵丁看守，没过半个时辰就攻了进去。雷遇春进入城中，当即命众将士抢劫三天，三天过后，城中一片哀鸣。贼军抢得四十多万两银子，且有无数粮食，雷遇春便亲带财物、粮草回樵舍去了。九江城中只留一千老兵把守着。

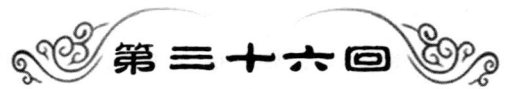

第三十六回
伍定谋帐前献妙计
官军火攻大获全胜

　　王元帅攻克南昌不久，便有探子来报说："宁王来救南昌路上被鸣皋所部人马大败，现已退守樵舍。"王元帅见宁王已是穷途末路，便亲带十万人马，直取樵舍。走到半路上，又有探子来报说："雷遇春带兵洗劫了九江。"王元帅当即命众将士加快行军速度。不到两天，便在樵舍对岸扎下营寨，又命探子前往樵舍打探情况。不久，探子回来报道："敌军设了上下两个营寨，一个在水中，一个在陆上，贼人将船只四五条一组连接成船阵，现敌军正在船上练兵。"就在此时，又有探子来报道："雷遇春带军洗劫了安庆，那城中财物都运回了樵舍，所带粮草都藏在西山。"王元帅说道："穷途末路，却还要作恶。"伍定谋说道："我有一计，可将贼人一网打尽。"王元帅说道："有何良策，快快说来。"伍定谋说道："贼人设立水陆两寨，陆寨两面环山，一面临湖，地势险要，易守难攻。要想攻破贼营，只能从水路攻取。现贼人将四五条船组成一个船阵，每天在湖上练兵，要是造好大船再去攻打，恐怕要一年半载之后了。我们现在就用普通小船，装上柴草，浇上桐油、松香、硫黄、焰硝等易燃的东西，火攻贼营。那贼船四五条一组,虽然庞大,行动却很缓慢,小船带火冲上去,贼船肯定躲避不及,到时便可将贼军水寨烧成一片火海。等贼军水寨烧起,再用大船将众将士送上岸去,便可将贼人杀个片甲不留。那西山是贼人粮库,可先派兵奇袭,将它烧掉。"王元帅听罢,说道:"此计甚妙。"于是命人四处收罗船只。过了两天,征得大船四十多条,小舟一百多只。

二十五日午后,卜大武、徐鸣皋、狄洪道、徐庆等率三十多只小舟来到敌军水寨前索战。敌将雷遇春见官军飞舟来战,便率新招将领吉文龙、周世熊、吴云豹三人乘船阵出寨迎战。官军小舟灵活机动,但太过矮小,所载兵将不多,那大船虽然行动缓慢,可稳重高大,船头设百来个弓箭手。等小船靠近,便一阵飞箭,船中将士见飞箭射来,慌忙用盾牌抵挡,又命船工快快撤退。宁王在岸上见官军小船被射得四处逃窜,心中好不高兴。官军小舟见贼军船阵厉害,便四处逃窜到芦苇荡中去了。雷遇春大胜,率船阵回到水寨,宁王亲自上船迎接,说道:"此次水战,我才知道这船阵的威力。"雷遇春说道:"这鄱阳湖中大船早被我军收罗光了,官军只得了些小舟,那小舟要和我军大船来战,恐怕是鸡蛋打石头,必破。"说罢,和宁王一起回到寨中,喝酒庆祝。

二十五日傍晚,王能、徐寿二人各带小舟二十艘,暗自潜伏在芦苇荡中。天一黑,便飞舟前行,来到西山,带着火种上岸,一路飞奔来到贼营前。只见营门紧闭,只有几个小兵看守,便飞射数箭,将那守夜小兵射杀,又命人带上火种冲了进去,四处放火,贼寨顿时火光冲天。那在营房中休息的敌兵见粮草起火,慌忙起身去救,只是火势太大无法救,又见无数官兵厮杀过来,便丢下手中器物,四处逃命去了。王能、徐寿见粮草已被烧光,便带着兵丁回到船中,直往贼寨去了。

雷遇春首战得胜,宁王大喜,为众将军设宴庆功,众人喝酒闲话直到二更天。突有小兵上前报道:"雷将军,西山那边着火了。"众人慌忙放下手中酒杯,来到帐外,只见西山方向火光冲天,宁王说道:"贼人来烧粮草,这可如何是好?"雷遇春说道:"先去救了再说。"宁王说道:"天庆,你领三千人马,速速前去营救。"邬天庆领命,带兵火速前往西山。不多时,来到寨前,见那寨中火光已经暗了下去,寨中粮草多半被烧成灰烬,又见几个残兵走上前来说道:"将军,官兵前来烧营,我们没有防备,被杀死大半。"邬天庆说道:"守营张、李两位将军在哪里?"那残兵说道:"两位将军贪酒,每夜必醉,早给大火烧死了。"就在此时,有探子匆匆来报说:"官兵正率军攻打大营,水寨中船只都给官军的火船给烧了。"邬天庆听罢大怒,引兵飞马回援。

话说,二十六日凌晨,天还未亮,鸣皋、徐庆、狄洪道带着百余只小舟,内装干柴、枯草、桐油、松香、硫黄、焰硝等东西,顺着芦苇荡一路过来,来到敌军水寨前,便一字排开,直往敌军船阵冲去。此时敌兵多在仓中睡觉,那守夜小兵见不远处有百余艘小船冲了过来,慌忙擂起战鼓来。船内兵将听鼓声四起,便飞身起来,跑到船头,拉弓射箭,只是此时官船已近在咫尺,突然又烧起火来,便慌忙引船后撤。只是数船连在一起,行动起来十分缓慢,眼看着那火船撞了上来,将大船烧了起来，也没办法，只好叫人扑火。但那火势太大，不多时便把大船烧得劈里啪啦的乱响，众敌兵见船上火大，便纷纷跳水逃命去了。

鸣皋、徐庆、狄洪道见敌军船阵烧去大半，便点响号炮。只听三声巨响，那湖面上顿时飞驶出四五十只大船来，船中各带五百官兵。大船直冲入敌军水寨中，众将士见船已靠岸，便飞身上岸，直往敌军旱寨冲杀过去。雷遇春见官军烧了船阵，又有无数兵将冲杀过来，慌忙上马迎战。只是寨中敌兵早已士气低落，又见水寨中数十个船阵被烧得火光冲天，早已无心再战，未等官军杀到跟前，已逃去大半。雷遇春见将士四处逃命，眼看大势已去，便慌忙回转马头，朝宁王大帐飞奔而去，来到帐内。宁王和李自然正在帐中，坐立不安，见雷遇春进来，慌忙问道："雷将军，战事如何？"雷遇春说道："快快上马，先随我走，再迟恐怕就来不及了。"说罢，一把将宁王拉上马，飞奔而去。李自然见宁王已跑，便也跑出帐外，却被一火箭射中，倒在地上，又有士兵上来，砍了两刀。宁王随着雷遇春一路跑去，只见营寨各处官兵打杀之声震天动地，自己的兵马纷纷败落，顿时心灰意冷，落下泪来。雷遇春带着宁王飞马离去，少有阻挡，偶遇到几个官兵挡着去路，便挥刀砍杀，两人一连跑了十余里，见没有官兵追来，便停了下来，回头望去，只见远处一片火红。宁王说道："这可如何是好？"雷遇春说道："事到如此，也只能走一步算一步了。"宁王说道："将军忠心，本王早就知道，本王也一直没机会报答你，这次大败，本王就一无所有了，你现在就砍了本王人头，献给那狗皇帝,也可得个富贵。"雷遇春没等宁王把话说完,便跪倒在地,哭了起来,说道:"王爷何出此言,我受王爷知遇之恩,无以回报,今日王爷落难,我便是豁出性命也要保王爷周全。"宁王说道:"都这样了,就是逃了出去,保住性命又能怎样呢?"雷遇春说道:"王爷千万不要气馁,我有一个表哥,在离这里不远处的小安山,他广结豪杰,财力丰厚,要是他肯帮你,就有回转余地。"宁王说道:"我现在和丧家狗没有什么两样,他怎么会帮我啊!"雷遇春说道:"王爷乃是皇家正统,今日落难,只是暂时,他日必能称帝,王爷可许他高官厚禄,他必会助你。"宁王说道:"但愿如此。"说罢,两人便往小安山去了。

却说邬天庆得知大营被劫,便带兵火速回援。离寨不远,就见三五成群的士兵落荒而来,邬天庆见状大怒,连砍数人,敌兵没有办法,只得调转过来,跟着邬天庆重新杀了回去。徐庆、包行恭、王能见邬天庆带兵杀了回来,便大喝道:"你家王爷已死,你还不快快投降。"邬天庆听说王爷已死,顿时心神大乱,不知所措,过了片刻方才回过神来,说道:"休得乱说,先吃我一戟。"说罢,挥戟直刺过来,三人便迎上前去,打杀起来。那一大帮敌兵听闻王爷已死,顿时乱作一团,各自逃命去了。邬天庆见三人勇猛,一时无法取胜,便猛打数招,引马就跑。徐庆见他跑走,飞马往前追去,邬天庆见他来追,飞射一弹,正中徐庆额头,徐庆顿时倒下马来。众人见徐庆落马,便飞身下马,上前搀扶起来,所幸伤得不重。

邬天庆跑了两里多路,见一枝梅、徐鸣皋、周湘帆三人立马在前，便停下马来，仰天长啸，悲声说道："今天我要命丧于此了。"众人见他如此，便朝他大笑。邺天庆听见笑声，顿时发了疯一样，四处乱砍起来。就在此时，那马突然乱了步伐，侧身倒了下去，一枝梅见状，飞马上前，一刀砍下邺天庆的头来。

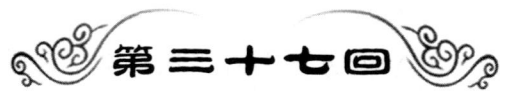

第三十七回
洪广武设计擒贼王
王元帅得胜复君命

雷遇春带着宁王落荒而去,赶了一日一夜,来到小安山。此时天色渐明,庄中黄狗见有陌生人前来,顿时狂吠不止。雷遇春来到洪广武宅前,敲门叫人,过了许久,一老丈开门出来问道:"大清早的,有什么事情?"雷遇春说道:"快去告诉你家老爷,就说他表弟雷遇春来找他。"那人听罢进去,不多时回来说道:"老爷请两位到厅上喝茶。"说罢,带他二人进去,又有丫鬟送来茶水。

洪广武听说表弟前来,甚觉奇怪,便对其妻方氏说道:"你说这大春来找我有什么事情?"方氏说道:"人家赶了一夜的路,一早前来,定是有要紧事情,快点去见他吧。"洪广武起床,洗漱过后来到厅上,见表弟在前,便迎上前去说道:"是什么风把你给吹来的,一大早的也不让我睡个安稳觉?"雷遇春说道:"表哥,今天前来,我有要事和你商量。"洪广武说道:"有什么事情,只管说来,是缺银子使吗?"雷遇春说道:"此事重大,请到书房商议。"洪广武说道:"就依你,你一起来的这位仁兄怎么称呼?"雷遇春说道:"先去书房,我再告诉你。"洪广武道:"你也太小心了。"说罢,带他二人来到书房。雷遇春说道："表哥，这就是宁王千岁。"洪广武慌忙跪倒在地，连拜三拜，宁王扶他起来说道："无需多礼。"洪广武请二人坐下，雷遇春便把樵舍失守、宁王落难等事情一一说了，又说道："宁王千岁乃是皇家正统，他日必登帝位，现在宁王一时落难，才来这里，要是表哥能帮扶王爷，他日便可列土封王。"洪广武暗想：这个贼王爷，犯上作乱，乱起杀伐，人人得而诛之，今天你跑到我这里来，算你倒霉。宁王见他不语，便说道："本王落难只是暂时的，他日必定登上帝位，到时候我封你个宰相当当。"洪广武听罢，说道："王爷看得起小人，小人就是肝脑涂地，也在所不辞。"宁王听罢大喜，当即封洪广武为护国大善人。洪广武叩头拜谢过，又传厨房准备酒食为二人接风。

　　入夜，洪广武回到房中休息。方氏问道："你表弟找你有什么事情？"广武说道："这事机密，不知怎么和你说才好。"方氏说道："来的那人是宁王千岁吧？"广武说道："你怎么知道？"方氏说道："这有什么难的，我看他二人一早就来，神色慌张，定是落难到此。那宁王千岁气宇非凡，不是一般人物，一看便知。"广武说道："我也看出来了，只是不敢认。到书房中，表弟才告诉我，还请我帮宁王重新招募人马，争夺天下，说他日大事一成，便封我为王，你说我该怎么办？"方氏说道："宁王逆贼，多行不义，今天落难来我们庄上，已是断了手足的僵龙了，他的杀身之祸就在眼前了。"广武说道："是啊，我想派人暗送书信到南昌给王元帅，请他派人来抓。"方氏说道："这事办得越快越好，要是迟了，恐怕有变，我见李祥心思细密,行事稳重,可派他去。"广武说道:"那就派他去。"说罢,两人便睡觉。

次日一早,广武叫李祥来到书房,轻声说道:"我有要事派你去做。"李祥说道:"主人吩咐就是。"广武便从柜子里取出三千两银子,说道:"昨天来我们庄上的那两个人,其中一个就是宁王千岁,我想和他做一番大事。今天我给你三千两银子,你先带去南昌,找个地方落脚,四处探听消息,及时送回庄上来。"李祥没等他说完,就说道:"这事小的誓难从命,宁王是个反王,如今落难才来到庄上,一无所有,眼看着就要大难临头了,你却要帮他。"广武说道:"我只是试探你一下,看你怎么应对,我想让你送信给王元帅,让他派人来抓宁王。"李祥说道:"这事我能做。"说罢,广武取出一封信,递给李祥,李祥收过,藏好,回到房内取了些银两,就往南昌去了。

过两天,李祥来到官军大营前,说道:"我有机密事情禀告元帅。"那守营小将听说有机密要事,也不敢怠慢,连忙进去传话。不一会,那小将出来说道:"元帅请你进去。"说罢,领着李祥进入大帐,见元帅正坐在帐内,连忙磕头,说道:"小人李祥,奉我家主人洪广武之命前来送信给元帅。"说罢,呈上书信,王元帅接过书信,细细看了一遍,又询问了一番,说道:"你先回去,让你家主人十月十八日夜把他二人灌醉,三更天我的人一到,就好把他们抓住。"李祥领命回去。

到十八日夜,洪广武备下酒宴,请宁王和雷遇春喝酒,又说自己近日已经联络上了十几个英雄,他们都想来投奔王爷,宁王听罢大喜,说道:"多谢,他日本王登上帝位,定封你为王。"雷遇春说道:"恭喜表哥,今天我们两人辅佐王爷,他日事成,荣华富贵自是享之不尽。"说罢,三人大笑,喝酒。

夜到三更,徐庆、鸣皋、狄洪道、焦大鹏来到小安山,飞身进入宁王安歇的院内。见房中漆黑,便轻轻撬开门栓进去,只见宁王和雷遇春都躺在床上呼呼大睡。焦大鹏飞身上前大喝道:"雷遇春,我看你往哪里跑。"说罢,一刀砍去,雷遇春惊醒过来,见钢刀直落下来,慌忙躲避,却已经来不及了,那一刀正中右手,顿时血流不止。宁王惊醒,见遇春已被砍下床去,顿时又晕倒过去,鸣皋拿来绳索把他二人捆绑了,带回南昌。

宁王被擒,南昌城内百姓无不欢呼雀跃。正德天子传下圣旨,命王元帅亲自监斩。午时三刻一到,宁王大声喊道:"非本王之错,天亡我也。"刽子手刀起头落,众人散去。第二天,正德天子宣旨,免去江西各府三年赋税钱粮,让百姓休养生息。又过两天,正德天子招众英雄殿上听封,众英雄各有晋升,便不多说。至此,贼寇尽除,天下太平。

宁王被诛

《七剑十三侠》故事中主要人物一览表：

1. 徐鸣皋（最主要的人物，是众英雄中的老大，武功很高，沉稳老练，威望很高）；

2. 一枝梅（轻功非常好，本来是个盗贼，暗器用得不错，擅于飞檐走壁，身轻如燕）；

3. 狄洪道（原先是官府教头，因不满官府而造反，30岁左右，大胡子）；

4. 包行恭（山中道士，20多岁，力大无穷，仙风道骨）；

5. 徐庆（山大王，善于射箭，老练沉稳，块头比较大）；

6. 周湘帆（一方财主，白面书生模样，好结交侠客）；

7. 杨小舫（名门之后，被迫落草，豪侠仗义，书生气质）；

8. 罗季芳（为人鲁莽、忠厚，武功一般，粗人一个）；

9. 王能（狄洪道徒弟，武功一般）；

10. 李武（狄洪道徒弟，武功一般）；

11. 徐寿（徐鸣皋的小家丁，跟道士去学了几年，是个小道士）；

12. 伍天熊（为人冲动，徐庆山寨中的三大王，武功一般）。

注：上述十二人按重要程度排列。